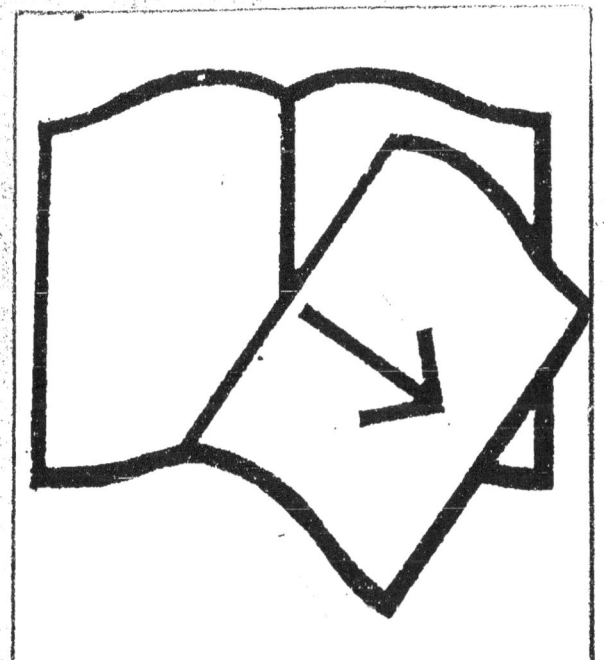

Couvertures supérieure et inférieure
manquantes

LES HAUTS FAITS

DE

CHARLES D'ASSOUCY

Châteauroux. — Typ. et Stéréotyp. A. Majesté.

LE BIBLIOPHILE JACOB
(PAUL LACROIX)

LES HAUTS FAITS

DE

CHARLES D'ASSOUCY

UNE FAMILLE DE MUSICIENS

LE FILS DU BOURREAU — ROSE ET ROSETTE

Illustrations de P. KAUFFMANN et A. FERDINANDUS

PARIS

LIBRAIRIE CHARLES DELAGRAVE

15, RUE SOUFFLOT, 15

A

MLLE MARY, COMTESSE FALCIANO

Je vous ai connue bien jeune, ma chère enfant, et l'affectueux intérêt que je vous porte, depuis ce temps-là, semble m'avoir désigné pour devenir votre subrogé-tuteur, c'est-à-dire votre appui, votre conseil et votre guide, pendant ces années de jeunesse, consacrées exclusivement à votre éducation.

Cette éducation, solide et brillante, à la fois, fera de vous, ma chère Mary, une femme supérieure, douée des plus nobles qualités du cœur et de l'esprit, destinée à prendre, dans la haute société française et étrangère, le rang qui vous appartient.

Vous aimez à lire, et vous savez tirer le meilleur parti de ce que vous lisez, pour votre instruction. Je vous offre donc un livre, qui n'ajoutera rien à vos connaissances déjà étendues et variées, mais qui, je l'espère, pourra donner satisfaction à votre goût pour les lectures historiques. Vous vous rappellerez, en lisant mon ouvrage, que le vieil auteur des *Histoires d'autrefois* a toujours été et sera toujours un de vos plus vrais amis.

PAUL L. JACOB,

Bibliophile,

Agé de cent vingt-cinq ans.

INTRODUCTION

La *Petite Provence*, ce coin du jardin des Tuileries, aujourd'hui presque abandonné et désert, malgré son exposition en plein midi, au pied de la terrasse qui domine la place Louis XV et l'extrémité de la rue de Rivoli, était autrefois remplie d'enfants de tout âge, accompagnés et surveillés par leurs mères, leurs nourrices ou leurs bonnes. C'était une arène ouverte presque exclusivement aux jeux de l'enfance: quand la température était douce, quand la journée était belle, les cris confus de la marmaille retentissaient au loin, annonçant ses plaisirs et ses joies, ses querelles et ses colères.

Quelques vieillards, quelques malades, quelques observateurs philosophes venaient aussi s'asseoir, en espalier, au-dessous de la terrasse, les uns pour se réchauffer au soleil, les autres pour assister au spectacle intéressant de ces scènes enfantines. J'étais souvent du nombre de ces spectateurs, surtout au printemps et en automne; on m'y voyait toujours un livre à la main, et cependant j'avais fait une longue infidélité à ma chère *Petite Provence* par suite des voyages successifs qui me conduisirent d'Espagne en Italie et d'Angleterre en Belgique, pour visiter les bibliothèques publiques et particulières de ces différents pays.

Après deux ou trois ans d'absence, je revins, par une splendide matinée du mois de mai, reprendre ma place ordinaire le long du mur de la terrasse, sous les rayons d'un soleil tiède et vivifiant.

La première personne que j'aperçus était une excellente mère de famille, Mme de C..., avec qui j'avais fait connaissance, à la *Petite Provence*, sous les auspices d'une rencontre presque journalière et d'une sorte de sympathie réciproque. Elle était entourée de ses trois enfants qui jouaient ensemble à ses côtés, sans jamais fréquenter les gentils camarades que le hasard du voisinage mettait à leur portée. Ces pauvres petits, dont le plus âgé n'avait pas sept ans, étaient en deuil, ainsi que leur mère, qui accusait de plus ce deuil dans son maintien et sa physionomie. Je la saluai profondément, lui témoignant de la sorte que je prenais part à la perte qu'elle avait dû faire et que je devinais d'avance; car elle m'avait appris que son mari, qui occupait un grade important dans l'armée française, se trouvait constamment éloigné d'elle par les nécessités de son service dans la guerre d'Allemagne. Ce brave officier, en effet, avait péri à la bataille de Friedland, et sa veuve, dénuée de toute fortune personnelle, n'avait d'autre ressource qu'une pension médiocre pour élever ses trois enfants.

— Ils sont encore bien jeunes, disait Mme de C..., et jusqu'à présent ma pension de veuve suffit à tout; mais ils grandiront et il faudra songer à leur éducation dans deux ou trois ans. Ma fille pourra être élevée dans la famille, comme je l'ai été moi-même par ma mère; les garçons, qui ont d'heureuses dispositions, ne sauraient se passer de l'instruction du college, et cela coûte fort cher...

— Oh! madame, m'écriai-je, il y a, Dieu merci, des bourses pour les fils d'officiers, et vous obtiendrez sans peine deux bourses entières, dès que vous jugerez le moment venu de les demander. Je vous offre, à cet égard, l'appui de plusieurs professeurs de l'Université, avec lesquels j'entretiens de bonnes relations de confiance et d'amitié. Il serait même possible de les faire entrer dès à présent dans un collège.

— Je n'aurais pas le courage de m'en séparer, interrompit-elle; car ils sont mon unique consolation. Vous ignorez, monsieur, la place immense que les enfants tiennent dans la vie de leur mère. Sans eux, je serais morte de chagrin; eux seuls m'encouragent à vivre après le malheur irréparable qui m'a frappée. Les enfants du colonel de C... doivent être des hommes distingués et je veux m'appliquer à former leur cœur et leur esprit, avant de leur donner l'éducation du collège...

Cet entretien, auquel je prenais un vif intérêt, n'alla pas plus loin ce jour-là. Mon retour avait été signalé aux habitués de la *Petite Provence;* tous les yeux se dirigeaient vers moi, les enfants et leurs parents s'approchaient vivement pour s'informer de ma santé et me souhaiter la bienvenue.

J'étais ému et touché de cet accueil si cordial, si sympathique, et j'avais déjà dévalisé le corbillon d'une marchande de plaisirs pour faire une large distribution de cette pâtisserie légère que les enfants ne se lassent pas de croquer à belles dents, lorsque je vis le cercle qui m'en-

tourait s'éclaircir et diminuer rapidement pour aller se
reformer, à peu de distance, autour d'un nouveau venu
dont la présence avait été annoncée par des cris et des
acclamations.

Ce nouveau venu était un homme, encore jeune, au
visage pâle, à l'air morne, aux yeux hagards ; il se présentait la tête nue et les vêtements en désordre, suivi de
deux domestiques en livrée qui portaient des paquets enveloppés de papier blanc. Les trois enfants de Mme de C.,
s'étaient rapprochés, avec une sorte d'effroi, de leur mère
qui les tenait contre elle, comme pour les protéger, et qui
paraissait vouloir se cacher elle-même en les embrassant.

Les enfants, que l'arrivée de cet homme avait fait accourir, se tenaient debout, à quelques pas de lui. L'homme
les examinait l'un après l'autre, en essuyant ses yeux
pleins de larmes ; puis il ouvrit les paquets qu'il avait
apportés, en tira des boîtes de soldats de plomb et de
soldats en bois peint, avec des chevaux, des canons, des
campements qu'il déposa sur le sable à ses pieds. Tous
les enfants ouvraient des yeux d'envie devant ces jouets
qui leur étaient destinés, mais aucun d'eux n'osait encore
y porter la main.

— Aujourd'hui, mes petits amis, leur dit, d'une voix
sourde, le généreux donateur de ces beaux jouets, c'est
le tour de ceux qui ont leurs pères aux armées et qui
prient Dieu tous les jours pour eux. Allons ! rangez-vous
autour de moi, comme des soldats, et que chacun de vous
ramasse ce qu'il a devant lui.

Aussitôt, les enfants s'emparèrent des jouets militaires

qu'on leur avait destinés et qu'ils emportèrent en jetant des clameurs d'allégresse et de reconnaissance.

— Mes chers enfants, leur avait dit l'étranger en s'éloignant précipitamment, c'est votre ami Lucien qui vous envoie ces objets et qui vous demande, en échange, de ne pas l'oublier dans vos prières.

— C'est un fou? dis-je à Mme de C... qui resta quelque temps troublée après le départ de cet homme, et qui s'efforçait de rassurer ses enfants en leur répétant qu'il ne reviendrait pas.

— C'est un fou, sans doute, répondit-elle, mais un fou bien malheureux, car il a perdu dans un naufrage sa femme et ses trois enfants.

Elle me raconta ensuite ce qu'elle savait de l'histoire douloureuse de cet infortuné. Il se nommait M. du Fresnoy, et habitait seul, avec ses domestiques, un superbe appartement rue Saint-Honoré, dans la maison même où demeurait Mme de C...; il était né avec de la fortune; mais le père de la femme qu'il avait épousée par inclination, était deux ou trois fois millionnaire et habitait l'Amérique, absorbé dans de grandes opérations de commerce, sans se rappeler qu'il avait une famille en France, et que sa charmante fille avait donné trois enfants à M. du Fresnoy. Celui-ci était un homme de la plus haute intelligence qui occupait une grande position au ministère de l'intérieur ; il avait même été question de lui pour faire un ministre et l'empereur Napoléon, qui l'appréciait à sa valeur, se proposait de l'élever aux grandes dignités de l'État. M. du Fresnoy n'avait pas la moindre ambition politique ; il se trouvait heureux dans son ménage et ne

désirait pas autre chose; sa femme, une digne mère, ne
connaissait pas de plus grand bonheur que de vivre au
milieu de ses enfants et de son mari. L'année précédente,
une lettre de la Nouvelle-Orléans avait annoncé à M. du
Fresnoy que son beau-père, gravement malade, demandait à voir sa fille et ses petits-enfants avant de mourir.
M. du Fresnoy, dont les services étaient indispensables au
ministère, n'ayant pu obtenir de congé, eut l'imprudence
de laisser partir sa femme seule avec ses trois enfants,
et le navire sur lequel elle s'embarqua périt dans la tra-
versée, avec tout son équipage. M. du Fresnoy, après être
resté sans nouvelles pendant deux mois, apprit enfin l'affreuse catastrophe qui lui avait enlevé sa chère famille,
et en même temps la mort de son beau-père qui lui laissait plusieurs millions. Que lui importait de devenir
riche, puisqu'il ne pouvait plus partager cette immense
fortune avec sa femme et ses enfants! Il tomba aussitôt
dans une folie douce et triste, que les médecins déclarè-
rent sans remède: il s'imaginait que ses enfants vivaient
toujours et qu'il les avait sans cesse auprès de lui; il
les voyait, il les entendait, il leur parlait, mais c'était en
vain qu'il étendait les bras vers eux; la vision s'éloignait
et disparaissait bientôt, pour reparaître et disparaître
encore. Ainsi, chaque jour, il croyait qu'un de ses trois
enfants le priait de porter un souvenir à leurs amis de
la *Petite Provence*, et il exécutait ponctuellement la com-
mission dont il se regardait comme chargé. Le sentiment
de la paternité, une paternité furieuse et aveugle, sans
frein et sans bornes, avait causé toute sa folie. Tantôt il
cherchait la vue des enfants avec une sorte de frénésie,

tantôt il la fuyait avec horreur, avec désespoir. De là ses devoirs journaliers, ses promenades aux Tuileries ; de là aussi ses nuits sans sommeil, ses heures de désespoir dans la solitude de son vaste appartement, où il retrouvait cependant, par intervalles, comme en un rêve, les plus douces, les plus tendres sensations de la famille.

Le récit de Mme de C.... m'avait beaucoup intéressé et je me prenais à désirer connaître personnellement ce malheureux père, dont la folie était si touchante et pouvait être, sinon guérie radicalement, du moins calmée et atténuée à l'aide d'une déviation rationnelle et ingénieuse : car cet homme intelligent, que la perte de ses enfants avait rendu fou, ne devait attendre sa guérison partielle que de l'amour des enfants dans sa plus large expression.

Le lendemain, j'arrivai de bonne heure à la *Petite Provence* pour assister à une nouvelle distribution de jouets que M. du Fresnoy avait promise aux petites filles qui ne participaient pas à la distribution de la veille. Ce jour-là je ne vis pas Mme de C.... Je pensai qu'elle avait été retenue chez elle par la crainte de se retrouver, avec sa petite famille, en présence du terrible fou de l'amour des enfants.

Celui-ci ne manqua pas à la promesse qu'il avait faite aux petites filles, qui l'attendaient sous l'empire de la plus anxieuse impatience ; aussi, dès qu'il parut suivi de ses domestiques, l'accueillirent-elles par le cri répété : Le voilà ! le voilà !... Et toutes d'accourir à sa rencontre et de se ranger en demi-cercle devant lui. Je constatai, non sans surprise, que ses premiers regards s'étaient dirigés vers l'endroit où Mme de C.... se tenait journel-

lement et qu'il avait manifesté un fâcheux désappointe-
ment de ne pas la voir à sa place ordinaire.

— Avez-vous été bien sages, mesdemoiselles ? de-
manda-t-il d'une voix sourde et pleine de sanglots. Vos
parents sont-ils bien contents de vous ?

— Oui, oui, oui ! répondirent à la fois les fillettes, qui
avaient l'œil fixé sur les nombreux paquets que les domestiques se préparaient à défaire !

— Eh bien, mes chers enfants, c'est votre amie Hélène qui vous envoie aujourd'hui des poupées et qui vous
recommande d'être toujours bien sages pour donner satisfaction à vos bons parents.

— Bravo ! bravo ! criaient les petites filles en battant
des mains. Merci, merci, à notre amie Hélène.

M. du Fresnoy fit sa distribution plus hâtivement qu'à
l'ordinaire, et s'empressa de partir pour cacher les larmes
dont son visage était inondé. J'étais bien tenté de le suivre et de brusquer la connaissance avec lui, en raison de
l'intérêt qu'il m'avait inspiré ; mais je craignis de manquer
mon but en lui causant une émotion d'étonnement et de
défiance. J'étais persuadé cependant que je pouvais exercer une action favorable sur l'état moral de ce pauvre fou.

Je ne retournai à la *Petite Provence* que deux ou trois
jours après. Il avait fait un temps si affreux, ces jours-là,
que personne, à coup sûr, ne s'était aventuré à braver la
pluie, le vent et le froid dans une promenade au jardin
des Tuileries. Le retour du beau temps m'y ramena, ainsi
que la joyeuse bande des petits enfants qui venaient
prendre leur récréation en plein air, sous l'influence du
soleil de printemps.

— Je suis heureuse de vous rencontrer ici, mon cher monsieur, me dit Mme de C..., qui m'avait devancé, car j'ai affaire au ministère de la guerre et je vous demande la permission de vous confier mes enfants pendant trois quarts d'heure, si cela ne dérange pas vos projets

— Pas le moins du monde, répondis-je, avec un embarras que j'avais peine à cacher ; vos enfants sont bien élevés, très obéissants et je n'aurai pas de peine à veiller sur eux.

Les enfants de Mme de C... m'avaient pris, de longue date, en affection, et ils ne firent aucune objection au désir de leur mère qui leur recommandait expressément de m'obéir, en son absence ; ils n'interrompirent même pas leurs jeux, en la voyant s'éloigner et les laisser seuls avec moi. J'étais, je l'avoue, plus inquiet et plus troublé que je ne voulais en avoir l'air : car si j'aimais beaucoup les enfants, si je me plaisais dans leur société, je n'étais nullement accoutumé à m'occuper de leur surveillance. Aussi, fus-je vraiment tout décontenancé et tout ahuri, lorsque je vis paraître M. du Fresnoy. Ce diable d'homme, que je redoutais instinctivement, sans trop savoir pourquoi, n'eut pas plutôt aperçu et reconnu la petite famille qui m'était confiée qu'il se dirigea de mon côté, à travers une foule d'enfants en jubilation, et qu'il vint s'arrêter à quelques pas de moi

Tous ces enfants, mis en éveil à l'aspect des paquets encore fermés, que les domestiques portaient derrière leur maître, couraient, se pressaient, s'agitaient, riaient, criaient autour de lui. Mais lui, plus pâle, plus sombre, plus triste que jamais, restait immobile, les yeux fixés sur les enfants de Mme de C..., qui, troublés, effrayés, se blottissaient près de moi, en se cachant dans les pans de ma vieille houppelande, comme des poussins qui se réfugient sous les ailes de la poule.

— Mes petits amis, dit d'un ton lugubre M. du Fresnoy, c'est le petit Félix, mon pauvre petit Félix, qui vous demande de prier Dieu pour sa bonne mère, et le petit Félix s'adresse surtout à ceux d'entre vous qui ont eu le malheur de perdre leur maman.

Puis, défaisant les paquets qu'on lui mettait entre les mains, il en tira une quantité d'objets de bijouterie religieuse, en argent et en vermeil, chapelets, croix, médailles, anneaux, etc., qu'il distribua solennellement à la ronde, en répétant à voix basse : *De profundis!* Il versait des larmes abondantes, tandis que les enfants, joyeux, s'en allaient montrer à leurs mères et à leurs bonnes les beaux présents qu'ils venaient de recevoir.

Tout à coup, M. du Fresnoy, essuyant ses larmes, s'avança vers moi d'un air menaçant et résolu; avant que j'eusse le temps de deviner et de prévenir ses intentions, il mit la main sur le plus jeune des enfants, que j'avais en garde.

— Ces enfants ne sont pas à vous? me dit-il avec colère : vous les avez volés! car c'est à moi qu'ils appartiennent ! ce sont mes enfants, rendez-moi mes enfants !

Les pauvres petits jetaient des cris lamentables et se cramponnaient à moi, en me conjurant de les défendre. Le malheureux fou aurait voulu les enlever tous les trois, mais il n'en avait ni la force ni les moyens : il en saisit un, le plus jeune, qu'il emporta dans ses bras. Je

ne pouvais courir à sa poursuite sans abandonner les
deux enfants qui me restaient et qui s'attachaient à moi,
en pleurant, de telle sorte qu'il ne m'était pas même possible de me lever de mon siège. Le ravisseur avait pris
sa course à belles enjambées, et il disparaissait déjà dans
le massif des grands marronniers. Personne ne l'avait arrêté, personne ne l'avait suivi, et j'avais beau crier à tue-
tête : — Arrêtez ! arrêtez-le ! — M. du Fresnoy était loin,
et je ne savais pas moi-même la route qu'il avait prise
en s'enfonçant sous les arbres déjà feuillus. Il fallut que
j'expliquasse, à la foule curieuse qui m'environnait, l'événement dont elle avait été presque témoin, sans en apprécier les circonstances et le caractère. J'entendis aussitôt
répéter de toutes parts : — C'est le fou qui vient de voler
un enfant !

Ma situation était des plus difficiles, des plus douloureuses. Il m'était impossible de quitter la place avant
d'avoir remis entre les mains de leur pauvre mère les
deux enfants de Mme de C..., qui m'en avait confié trois.
Je ne pouvais donc tenter aucune démarche pour retrouver et lui rendre le troisième, alors qu'il semblait indispensable d'aller porter plainte chez le commissaire de
police et de me mettre immédiatement à la recherche de
M. du Fresnoy. Les deux enfants, privés de leur petit
frère, pleuraient auprès de moi en appelant leur mère.

Hélas ! je la vis bientôt reparaître : elle revenait à
grands pas comme émue d'un vague pressentiment, et
elle semblait à distance avoir reconnu qu'il me manquait
un de ses enfants. Elle n'en douta plus en approchant davantage, et elle m'envoya, d'une voix étouffée, cette ques-

2

tion accusatrice qui me rappelait les paroles de Dieu à Caïn après le meurtre d'Abel.

— Ah ! monsieur, qu'avez-vous fait de mon enfant ?

Le frère et la sœur de l'absent répondirent par des pleurs et des cris à cette plainte maternelle. Ma langue restait collée à mon palais, et quoique je n'eusse, en réalité, rien à me reprocher, je ne trouvais pas la force de m'excuser d'un événement que je n'avais pu prévoir ni empêcher.

— Madame, je vous conjure de ne pas vous désespérer ! répliquai-je d'une voix éteinte. Il n'y a pas, il n'y aura pas de malheur !... Je suis entièrement étranger à tout ce qui s'est passé... C'est le fait d'un fou, qui ne peut avoir de mauvaise intention... Il vous rendra votre fils... Je suis certain que vous allez le retrouver chez vous ou chez M. du Fresnoy...

— Venez, mes enfants ! interrompit-elle en les prenant l'un et l'autre par la main.

Elle marchait en avant d'un pas ferme et accéléré ; et moi je la suivais en réfléchissant tristement à ce qui pouvait arriver, à ce qui pouvait être arrivé.

Nous traversâmes la rue Saint-Honoré en doublant le pas, et nous étions devant la maison où demeuraient Mme de C... et M. du Fresnoy. Mme de C..., s'adressant au concierge, debout à la porte de sa loge, lui demanda vivement si M. du Fresnoy était chez lui.

— Non, Madame, répondit le concierge. Monsieur est sorti en voiture, avec deux domestiques, et la voiture n'est pas encore rentrée.

Le concierge ne savait donc rien. Mme de C... me regarda tristement comme pour me demander conseil, et regarda ensuite ses enfants dont les larmes coulaient toujours.

— J'irais bien chez le commissaire de police, lui dis-je alors, mais il est peut-être plus sage de rester ici, d'attendre M. du Fresnoy et de lui demander compte, devant vous, d'un acte de violence qui exige une éclatante réparation.

A ce moment, une magnifique voiture de maître se présente à la porte cochère, y entre brusquement et s'arrête devant le vestibule du grand escalier. Deux domestiques en livrée s'y trouvaient déjà pour ouvrir la portière et aider M. du Fresnoy à descendre. L'intérieur de la voiture était tellement rempli de jouets, de boîtes de bonbons et de paquets de gâteaux, qu'on y distinguait à peine M. du Fresnoy, ayant sur ses genoux l'enfant de Mme de C..., lequel ne paraissait pas trop effrayé.

— Jules ! mon fils ! s'écrie Mme de C..., qui s'élance sur le marchepied et saisit l'enfant que M. du Fresnoy lui dispute en le serrant à l'étouffer. C'est mon fils ! Rendez-moi mon fils !

— Votre fils ? Mais c'est le mien ! ce n'est pas Jules qu'il se nomme ! C'est Félix ! N'est-ce pas mon cher petit Félix ?

Mme de C... était parvenue à ressaisir le petit garçon ! elle l'emportait dans ses bras, suivie de ses deux enfants qui criaient : — Jules ! Jules ! n'aie pas peur ! c'est nous ! c'est maman !

M. du Fresnoy était resté anéanti, sans savoir quel parti prendre et sans prononcer une parole. Ses deux do-

mestiques le soutinrent après l'avoir tiré, presque malgré
lui, de la voiture, et l'aidèrent à regagner son appartement. J'y montai derrière lui, sans que les domestiques
songeassent à m'empêcher de le suivre; ils supposaient
que j'avais le droit de l'accompagner et de lui demander
une explication au sujet de l'enlèvement du fils de
Mme de C... Je pénétrai donc dans l'appartement de
M. du Fresnoy et je m'y trouvai bientôt seul avec lui.
Ses deux domestiques s'étaient retirés par discrétion,
peut-être aussi pour n'être pas compromis dans une
affaire qui pouvait conduire en justice leur maître irres-
ponsable, comme privé de raison.

— Monsieur, m'écriai-je, comment avez-vous eu l'affreux courage d'enlever un enfant à sa mère ?

— Un enfant à sa mère ! répéta-t-il tout abasourdi de
ma question et de ma présence. Moi, enlever un enfant
qui ne serait pas le mien !... Hélas ! la mère de mes enfants est morte ! morte ! morte !... Oui, monsieur, elle
est morte, ma pauvre chère femme, morte en me laissant
trois enfants, trois orphelins !

Il se laissa tomber sur un fauteuil, et prenant sa tête
entre ses mains, il pleura, gémit et soupira à me fendre
l'âme. Que pouvais-je entreprendre contre ce malheureux père?

—Ah! monsieur, lui dis-je doucement, comment un père,
un bon père tel que vous, a-t-il pu causer un pareil chagrin, une pareille inquiétude à une mère qui n'a d'autre
consolation ici-bas que ses trois enfants.

— Une mère qui a trois enfants ! murmura M. du Fresnoy ; moi aussi j'ai trois enfants, mais eux n'ont plus de

mère, elle a péri dans un naufrage épouvantable. Venez monsieur! ajouta t-il, venez pleurer avec moi devant son cercueil.

Il me conduisit dans une chambre toute tendue de noir, à peine éclairée par des lampes funèbres ; il s'agenouilla devant un catafalque, et, se frappant le front sur le simulacre du cercueil, il répétait d'une voix déchirante:

— Morte! morte, pour toujours !

Puis, se relevant tout à coup, le visage rasséréné, il reprit d'un air presque souriant :

— Voulez-vous voir mes enfants ? Nous les trouverons en train de jouer ; mais ne leur parlez pas, ils n'ont pas l'honneur de vous connaître et votre présence pourrait troubler, dans leurs jeux, ces chers orphelins !

M. du Fresnoy entra le premier dans une grande chambre meublée comme si elle était habitée, et remplie de joujoux ainsi qu'un magasin de jouets.

— Ne parlez pas ! disait-il à voix basse, croyant me montrer ses enfants dans l'espace vide et obscur, les persiennes des fenêtres étant toutes fermées. Vous les voyez ces chers petits ! Voici ma fille Hélène ; elle est déjà grande et sera bien jolie. Voici mon aîné, Lucien, qui veut être militaire, je le ferai entrer à l'École polytechnique. Militaire ! c'est une belle carrière sous le régime de l'empereur ! Voici le plus jeune des trois, mon petit Félix.... Félix, reprit-il, en lui adressant la parole, viens dire à monsieur que tu ne t'appelles pas Jules?... Jules Pourquoi Jules ? S'il y a un Jules, ce n'est pas mon fils !

Je laissais délirer le pauvre père, sans lui répondre, de peur de l'exalter davantage ; puis tout doucement le prenant par le bras, je le ramenai dans son salon et je changeai subitement la conversation.

Monsieur du Fresnoy, lui dis-je, vous aimez les enfants, tous les enfants ; leurs jeux vous intéressent, leur babil vous amuse, les élans de leurs petits cœurs vous émeuvent. Je vous comprends, car je partage votre douce passion et, depuis longtemps déjà, je me console de l'égoïsme, de l'ingratitude et de la fausseté des hommes en admirant la franchise, la générosité et la reconnaissance des enfants. J'aime à comparer les petitesses des grands aux grandeurs des petits.

Le malheureux père m'écoutait en silence, ses grands yeux mornes, fixés sur les miens, semblaient fouiller ma pensée, sa bouche, naguère tordue et grimaçante souriait, une expression bienfaisante de calme se répandait sur cette belle physionomie tout à l'heure désespérée.

— Eh bien, repris-je en donnant à ma voix des inflexions plus douces encore, je veux, moi, guérir votre tristesse, je veux donner un but et un intérêt à votre vie, je veux encore y ramener le sourire et le bonheur !

M. du Fresnoy secoua la tête d'un air accablé et me prit la main avec effusion.

— Il y a deux moyens très différents, mais qui se combinent admirablement, de vous consoler, de vous guérir, mon cher Monsieur : faire le bien pour employer votre immense fortune et occuper votre esprit malade de ce que vous aimez par-dessus tout : les enfants ! Il y a tant d'enfants qui ont besoin d'assistance et de pitié ! les orphelins, les malades, les misérables. Ce serait une tâche bien digne de vous, que de vous consacrer à ces enfants, à cette grande œuvre d'humanité et de bienfaisance, en y employant une partie de votre immense fortune. Vous trouveriez dans une pareille œuvre de pieuses consolations, de véritables plaisirs.

Les orphelins du peuple appartiennent aux pères riches qui ont eu le malheur de perdre leurs enfants. La création d'un hospice d'enfants, par exemple, est un acte de père...

— Oui, oui, je créerai un hospice ! s'écria M. du Fresnoy, adoptant chaleureusement mes idées et mes sentiments. Quelle bonne parole ! monsieur. Combien je vous en sais gré ! je n'y avais jamais pensé. Des hospices, des refuges, des crèches, des institutions de tous genres pour les enfants ! Comme je vous remercie de m'avoir ouvert ce vaste champ de devoirs et de consolations ! Je suis riche, en effet, très riche, et que ferais-je de ma fortune si je ne la mettais pas au service des enfants qui n'ont plus de père, qui n'ont plus de mère, qui n'ont plus personne au monde pour leur donner les conseils, l'affection, les bonheurs de la famille ? Oui, monsieur, je serai encore heureux, puisque je veux être le père de tous les enfants orphelins ou abandonnés.

— Voilà qui est bien, voilà qui est beau, répondis-je, tout fier du résultat inespéré de mes efforts.

— Mais, hélas ! reprit M. du Fresnoy en soupirant, tous ces beaux projets, ces rêves de bonheur, comme ils sont loin de nous ! quand pourrai-je en faire des réalités ? Il faudra des mois, une année, peut-être plus longtemps, avant que nous ayons trouvé un emplacement favorable, acheté le terrain, arrêté les plans... et les constructions !... les aménagements !

— Ne vous tourmentez pas ainsi, me hâtai-je de re-
pondre en interrompant le malheureux père dont l'exaltation fébrile m'inquiétait, je vous aiderai : nous trouverons des architectes habiles, des ouvriers intelligents et
honnêtes que vous payerez si largement qu'ils se dévoue-
ront à votre œuvre...

— Oui, oui ! mais ce sera long, très long ! et moi, que
deviendrai-je pendant cette attente ? seul, abandonné à
moi-même, car je ne me fais pas illusion, vos travaux,
vos engagements, vos occupations si multiples vous tien-
dront bien souvent éloigné de moi. Alors... que fera mon
pauvre esprit malade ? Qui aura pitié de moi ? J'effraye
tout le monde, on me déteste, on me redoute ! Il faudra
donc vivre seul, toujours seul ! seul avec mes douleurs,
mes regrets, mes fictions et mon délire. Ah ! que je suis
malheureux ! je serai encore méchant ! je ferai encore
pleurer les mères ! les enfants me fuiront encore ! Fou !
fou ! je serai toujours fou !

— Calmez-vous, de grâce, m'écriai-je, je vous ai promis
de vous sauver et vous croyez déjà que je vous abandonne ! ayez confiance en moi : si je ne puis, ainsi que
vous le dites vous-même, passer ma vie auprès de vous,
je veux vous donner un appui, un guide, une consolation,
en un mot une amitié vaillante et forte qui vous aidera à
supporter l'attente que vous redoutez !

— Que dites-vous ?

— Oui ! je vous promets l'amitié, l'intelligence, le dévouement d'une femme, d'une créature encore plus infortunée
que vous ne l'êtes vous-même ! Elle avait des enfants,
un mari, de la fortune ; elle était jeune, elle était belle,

Elle a tout perdu ! tout ! elle est seule, elle est pauvre, elle
est vieille ! Mais son courage ne l'a jamais abandonnée ·
elle s'est consacrée à l'enfance malheureuse, elle soulage
les misères cachées, elle s'entoure de ces petits infortunés
que leurs mères sont obligés de quitter pour gagner le
pain de chaque jour ! Pauvres petits ! elle les aime, elle
les élève, elle les instruit, elle les amuse ! Elle invente,
pour les distraire, des histoires touchantes ou joyeuses
dont les héros sont des enfants comme eux ; elle leur ra-
conte, d'une voix émue, les malheurs d'un petit garçon
sans père, les aventures d'une fillette méchante qui devient bonne par amour pour sa maman, ou bien encore les
hauts faits d'un bambin de huit ans courageux et vaillant
comme Bayard !

Eh bien, ce qu'elle fait pour ces enfants, elle le fera
pour vous, elle vous racontera ses meilleures histoires et
vous reverrez votre Hélène, votre Lucien, votre Félix,
dans ces fictions charmantes qui retraceront la vie d'enfants sages et bons, pleins de vertus que l'amour filial
développe peu à peu, et dont l'influence heureuse consa-
cra le bonheur et l'union de la famille.

— Ah ! monsieur, s'écria M. du Fresnoy, que vous êtes
bon ! vous me parlez en ami, vous comprenez ma souffrance, vous me consolez, vous me calmez ! Il me semble,
en vous écoutant, renaître à la vie, ressaisir mes idées en-
volées depuis si longtemps, retrouver mes sensations d'autrefois ! Je vous en supplie, allez chercher cette admirable amie de tous les malheureux ; obtenez d'elle, de son
bon cœur, de sa grande âme, qu'elle me prenne en pitié,
qu'elle me traite en enfant malade, qu'elle me berce avec

ses contes charmants, qu'elle remplace la cruelle réalité qui me tue par les divins mirages de son imagination maternelle !

Le malheureux père pleurait doucement tout en me souriant à travers ses larmes, et moi j'étais heureux, car je devinais la guérison prochaine de ce martyr de l'amour paternel et je prévoyais que cet homme qui avait été fou, que j'avais connu dangereux, terrible, retrouverait insen-siblement le calme et la santé, sous la bienfaisante influence des récits simples et touchants de ma vieille amie !

Dès le lendemain, je la conduisis chez M. du Fresnoy ; il l'attendait avec impatience et demeura saisi de trouble et de respect devant cette vaillante femme, dont la che-velure argentée et le regard pur retraçaient toute une existence de douleur, de sacrifice et de vertus.

Ainsi que je l'avais espéré, ces deux grandes infortunes devaient s'attirer et se comprendre ! ma vieille amie me remercia de l'avoir associée à ma bonne œuvre, d'avoir compté sur elle pour accomplir cette guérison si intéres-sante, et elle me promit de consoler ce désespéré en lui racontant ses histoires les plus douces et les plus atten-drissantes.

Par exemple, elle exigea que, prenant ma part de notre cure merveilleuse, je vinsse passer des heures entières rue Saint-Honoré, afin de la suppléer au besoin en prenant la parole à mon tour, et en tout cas pour aider l'intelli-gence souvent paresseuse de M. du Fresnoy à bien saisir toutes les nuances des différents récits, tout en profitant des leçons salutaires qu'ils contenaient.

Ma vieille amie racontait chaque jour à *son malade* soit une histoire tout entière, soit une nouvelle un peu plus longue, mais ayant toujours pour sujet, pour héros ou pour héroïne un enfant de huit à quinze ans, dont l'âge rappelât ceux des propres enfants de notre malheureux ami.

M. du Fresnoy prenait, à ces séances, un plaisir et un intérêt qui nous rendaient entièrement heureux ; nous le voyions avec bonheur, revenir tout à fait à la raison par la tendresse même qu'il conservait pour les enfants que Dieu lui avait donnés et que Dieu lui avait repris.

C'est en écoutant ces récits intimes remplis de touchants enseignements, c'est en constatant le résultat heureux de leur douce morale, c'est en songeant aux services du même genre qu'ils pouvaient rendre aux enfants et aux esprits malades, que j'ai eu l'idée d'en choisir quelques-uns parmi tous ceux que ma vieille amie nous a contés, et d'en former un livre.

Je n'ai certainement pas réuni dans mon volume tous ces aimables récits, et j'en conserve encore bien d'autres, et des mieux réussis, que je publierai peut-être certain jour ; mais j'offre à mon cher petit public préféré, aux enfants, un recueil d'anecdotes et de nouvelles dans lesquelles petits et grands trouveront, j'espère, de bons modèles et de douces récréations.

P. L. JACOB, bibliophile.

LES HAUTS FAITS

DE CHARLES D'ASSOUCY

(1617)

HAUTS FAITS DE CHARLES D'ASSOUCY

Charles Coypeau d'Assoucy, qui mit en vogue le genre bouffon au xvii° siècle, et qui mérita par ses facéties sou‑vent spirituelles le surnom *d'Empereur du Burlesque*, était né en 1604, fils d'un avocat au Parlement de Paris. Son père, d'origine italienne, avait épousé une fille noble de Lorraine, qui lui donna beaucoup d'enfants et n'en éleva aucun sous ses yeux, parce que, lasse de vivre en mauvais ménage avec un mari joueur, ivrogne et gueux, elle se délivra de tous les embarras maternels, en quittant la maison conjugale, où elle laissait le désordre, la misère, et six petites créatures à peu près orphelines.

Le sieur d'Assoucy eût bien souhaité que sa femme, en partant, le soulageât du fardeau de la paternité ; mais, comme il était plus libertin que méchant, il ne jeta pas dans la rue ces pauvres abandonnés, dont le plus jeune était encore à la mamelle : il gronda et jura beaucoup, puis noya ses inquiétudes dans des flots de vin orléanais, tel‑lement, qu'au sortir du cabaret, il avait oublié que ses six

enfants mouraient de
faim. Ils ne moururent
pas cependant, et mal-
gré les privations jour-
nalières qu'ils eurent à
souffrir, selon la chance
des dés, qui favorisait
peu leur père au bre-
lan, ils grandirent
tous, en force, en santé
et en malice, et se
montrèrent précoces,
surtout en fait de dé-
fauts et de vices.

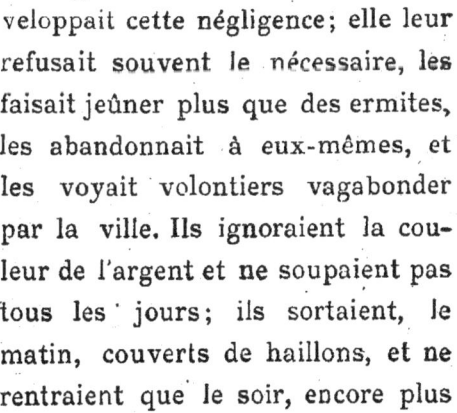

Une servante,
qui dominait au
logis par l'insou-
ciance coupable
de son maître,
était une véri-
table marâtre
pour eux ; elle
les maltraitait
d'injures et de
coups, sans se
soucier de leurs
penchants les plus
pervers, que dé-
veloppait cette négligence ; elle leur
refusait souvent le nécessaire, les
faisait jeûner plus que des ermites,
les abandonnait à eux-mêmes, et
les voyait volontiers vagabonder
par la ville. Ils ignoraient la couleur de l'argent et ne soupaient pas
tous les jours ; ils sortaient, le
matin, couverts de haillons, et ne
rentraient que le soir, encore plus

malpropres, pour être largement battus, et non jamais

caressés. A force de recommencer ce beau train de vie, ils excellèrent dans le mensonge, l'effronterie et le vol, au point d'en venir à ne plus craindre même le lieutenant civil du Châtelet. Quant au bon Dieu, ils ne l'avaient jamais craint, les maudits garnements! Leur père riait de leurs tours de passe-passe, et de leurs plus abominables actions, qu'il rangeait dans le domaine des espiègleries de leur âge. Combien de fois les encouragea-t-il en ces termes indignes d'un père de famille :

— Çà, mes mignons, j'en sais de moins avisés qui ont fini en l'air au gibet de Montfaucon, mais aussi ils n'avaient pas à leur aide l'éloquence avocassière du sieur d'Assoucy, votre brave et digne père, fameux aux tavernes, comme en la grande salle du Palais. Tâchez, toutefois, de n'embrasser la potence que le plus tard possible, et donnez-vous du bon temps auparavant. Si vous appréhendez le branle des pendus, qui sera votre dernière danse, transformez-vous en procureurs, afin de larronner et piller à votre aise, sans fâcheux accident.

Ces maximes perverses et une foule d'autres, débitées du ton de la plaisanterie, devaient porter des fruits funestes, corrompant tous les germes des qualités honnêtes et sociales, dans ces jeunes cœurs, déjà façonnés au vice; et s'ils n'accomplirent pas rigoureusement la sinistre prédiction de leur père, il fallut un privilège particulier du sort, qui ne sema point leur existence de prisons, de juges, de galères et de potences : ils eurent tous le bonheur de mourir vieux et dans leur lit.

L'aîné, nommé Charles, était le plus malicieux

garçon qu'il y eût alors sur la rive gauche de la Seine,
dans ce populeux quartier de l'Université, toujours
plein de disputes et de batailles d'écoliers, imitées
des habitudes turbulentes de la philosophie et de la
controverse de l'École. Charles, âgé de douze ans et
demi, aurait pu apprendre aux élèves barbus des col-
lèges de Navarre et de Montaigu mille inventions neuves
et hardies, pour tromper et railler les marchands et les
bourgeois; il joignait à ce talent de ruse et d'audace un
esprit original, plus grossier que délicat, mais vif et mobile dans ses imaginations comme dans ses réparties : il
aimait le rire et le faisait aimer.

Il dressait et exécutait seul ses entreprises aventu-
reuses et ses farces divertissantes, parce que, confiant en
sa supériorité de langue et de main, il ne voulait pas s'exposer à payer d'audace pour un autre moins souple et
moins ingénieux que lui; mais il s'associait toujours ses
frères, ses sœurs et ses camarades, pour le partage du
butin ou pour le spectacle amusant de ses joyeuses inventions : il était donc la providence des petits polissons
du Pré-aux-Clercs et du Pont-Neuf.

Le Pré-aux-Clercs commençait alors à se couvrir de
maisons, à partir de la vieille tour de Nesle, qui faisait face
au Louvre, jusqu'à l'abbaye de Saint-Germain-des-Près :
après avoir été, pendant cinq ou six siècles, le théâtre
des ébats de la jeunesse parisienne, il était moins fré-
quenté, depuis que le Pont-Neuf, ouvert à la circulation,
attirait et rassemblait, du matin au soir, les oisifs des
deux rives de la Seine; car, de tout temps, il y eut une in-
nombrable quantité de badauds à Paris. Ce pont, qui

passait pour le plus beau de l'Europe, à cause de sa lon-
gueur et de son architecture, justifiait encore son nom de
Pont-Neuf, puisque, fondé sous le règne de Henri III, il
n'avait été complètement achevé que sous le règne de
Henri IV; il réunissait, par ses douze arches, à la ville
haute et basse, l'île de la Cité, agrandie de deux petits îlots.
Jacques Androuet Ducerceau et Guillaume Marchand,
qui l'avaient construit avec magnificence, s'étaient pour
la première fois abstenus de le surcharger de maisons,
comme le voulait l'ancien usage, et les curieux, étonnés
de cette nouveauté, ne se lassaient pas d'admirer un pont,
qui n'avait pas l'aspect d'une rue et qui laissait à découvert le cours de la rivière en amont et en aval. La foule le
traversait sans cesse, en s'arrêtant, çà et là, le long du
parapet, d'où la vue embrassait à la fois la Cité, l'Université et la ville, ces trois parties distinctes de la capitale,
hérissées de tours et de clochers : c'était merveille qu'un
pont de pierre, du haut duquel les passants voyaient
couler l'eau et les bateaux descendre ou remonter la rivière.

L'affluence de monde qui encombrait à toute heure
non seulement les bas côtés de ce pont, réservés aux
piétons, mais encore la large voie du milieu destinée
exclusivement au passage des voitures, était appelee là
par divers objets et diverses fantaisies : les uns y venaient
écouter le carillon des heures, à la Samaritaine, joli édifice bâti sur pilotis contre la seconde arche, du côté du
Louvre, et servant à la fois d'horloge, de pompe et de
fontaine ; les autres y venaient, pour respirer un air plus
pur que celui des rues, et visiter la place Dauphine, qui

rivalisait avec la place Royale, sinon en grandeur et en
magnificence, du moins en tristesse et en monotonie :
ceux-ci se tordaient le cou à regarder au-dessous d'eux
les têtes gigantesques de satyres, qui supportent la cor-
niche extérieure du pont ; ceux-là circulaient, en extase,
devant la statue équestre de Henri IV, en bronze, chef-
d'œuvre de Jean Boulogne, dont le piédestal et les bas-
reliefs n'étaient pas encore terminés ; mais le plus grand
nombre, femmes, enfants et gens de toute espèce, accou-
raient aux représentations gratuites que les charlatans,
arracheurs de dents, vendeurs d'onguents et crieurs de
reliques, offraient au public qui entourait leurs tréteaux,
pour recruter des chalands et des dupes.

Le Pont-Neuf résonnait du bruit perpétuel des trompes,
des fifres, des tambours et des luths, accompagnés de
chants, de cris, de rires, de huées ou d'applaudissements.
Chaque pile du pont était couronnée d'une plate-forme
demi-circulaire, que remplissait une tente soutenue par des
perches, ou bien une baraque mobile en bois. Ici un bohé-
mien en costume mauresque, le visage jauni avec du sa-
fran, et coiffé d'un bonnet pointu, accaparait une nom-
breuse et crédule clientèle, en pronostiquant l'avenir,
d'après les planètes, les nombres, les songes et les lignes
de la main ; là, un opérateur, en robe noire, bésicles sur
le nez, et tenant une fiole d'eau claire, promettait la guérison de tous les maux, et débitait sa marchandise, qu'il
décorait des titres les plus pompeux et les plus bizarres,
plus loin, des pèlerins, le bourdon à la main, le manteau
parsemé de coquilles sur les épaules, racontaient les miracles des lieux saints, qu'ils n'avaient jamais vus, et

vendaient prières, croix, chapelets, qu'ils disaient bénits par
le pape; ailleurs, des escamoteurs et des prestidigitateurs,
habillés de couleur éclatante, stupéfiaient leur auditoire
par les phénomènes de la magie blanche; tel montrait un
chien savant, tel un âne sauteur, tel un singe gambadant
et grimaçant, pour affriander les badauds autour d'un
étal de bimbeloterie, ou de mercerie, ou de sucrerie; le
bon public se laissait prendre à ces amorces, qui réussis-
saient toujours, quoique plus vieilles que le Pont-Neuf.

Mais, à cette époque, les deux coryphées de ce fameux
pont, lesquels, à toute heure et en toute saison, avaient
le secret de retenir autour d'eux un cercle d'auditeurs
crédules et bénévoles, c'étaient le Savoyard et le seigneur
Fagottini, dont les échoppes s'élevaient face à face sur le
terre-plein du Pont-Neuf, vis-à-vis l'entrée de la place
Dauphine, et semblaient s'être emparées de tout cet
espace vide, que dominait le *Cheval de bronze*, surnom
populaire donné à la statue équestre du roi Henri IV.

Le *Savoyard*, qui devait ce sobriquet à son pays de
naissance et à son patois fortement accentué, s'appelait,
de son nom de famille, Philippe ou Philippot. C'était une
sorte de *rhapsode* ou poète chanteur, taillé en Hercule,
aveugle comme Homère et velu comme un ours. Il composait des chansons ou des complaintes populaires en
vers baroques, et les répétait, lentement, d'une voix
enrhumée et monotone, qu'accompagnaient en désaccord
les sons du luth et des instruments de cuivre. La générosité des spectateurs n'était pas taxée, et la vente de quelques naïves poésies, imprimées sur papier gris et vêtues
de papier bleu, suffisait pour faire vivre maître Philippe,

ses deux petits valets, appelés *pages de musique*, qui jouaient du luth et des cimbales, et son chien galeux, qui battait la mesure avec sa patte.

Le seigneur, ou plutôt le signor Fagottini, était un Napolitain, qui cherchait fortune loin de sa patrie, et qui savait l'art de délier les cordons des bourses les plus serrées; son métier se composait de plusieurs branches lucratives : il arrachait les dents, teignait la barbe et les cheveux, tondait les chiens, et possédait une pharmacopée de drogues, pour cicatriser les plaies, adoucir la peau, farder le visage, et vendait à bas prix *la très véridique eau de Jouvence*, disait-il, en aspergeant le vulgaire d'une eau puante qu'on recevait à la ronde comme manne céleste. Mais, pour ajouter un nouveau prix à ses consultations, il les faisait précéder premièrement d'une scène de marionnettes mécaniques, qui se mouvaient avec des fils invisibles, et auxquelles il prêtait un langage humain. Ces petites figures de bois, sculptées, peintes et accoutrées comme des êtres vivants, produisaient de loin une illusion si étrange, que le peuple attribuait à leur propriétaire la puissance d'un véritable sorcier, et trem- blait de peur, en faisant un signe de croix, au grincement de la crécelle qui annonçait à l'assemblée qu'on allait tirer le rideau et commencer le spectacle. On assurait que le curé de Saint-Germain-l'Auxerrois avait failli excommunier les marionnettes et le sorcier qui les montrait.

Enfin, pour comble de merveilleux, Fagottini avait un singe apprivoisé et plus instruit, disait-il, qu'un bachelier ès-lettres de la très vénérable Université; on eût dit qu'une âme intelligente s'était égarée dans ce corps de

bête, tant il déployait de grâce et de gentillesse dans les
exercices qu'il savait faire, sans parler des grimaces : il
dansait des sarabandes italiennes, sautait sur une corde
tendue, tirait la bonne aventure aux filles à marier, et
gagnait le plus habile joueur à tous les jeux de cartes.

Il eût fallu moins que cela pour éveiller et irriter la
jalousie du Savoyard, qui ne pouvait plus empêcher la
foule de déserter ses concerts en plein vent, et dont les
plus joyeux refrains étaient impuissants à maintenir
l'ancienne vogue du célèbre « chantre du Pont-Neuf »,
comme on l'appelait, comme il se qualifiait lui-même. Il
s'apercevait de cet abandon du public, à son escarcelle
qui ne se remplissait pas, et il entendait, d'une oreille
d'envie, les liards, les gros sous, et même la monnaie
d'argent, tomber dans le plat de cuivre, que le singe de
son voisin Fagottini promenait à la ronde en gambadant
et en grimaçant de gratitude.

Charles d'Assoucy était alors l'hôte le plus assidu
du Pont-Neuf; il s'échappait, au point du jour, de la rue
des Grands-Augustins, où il habitait chez son père, et
il n'y rentrait qu'au soleil couché; été comme hiver, la
pluie, le vent, la neige, le froid et la chaleur, ne le chas-
saient pas de sa station favorite devant les tréteaux du
Cheval de bronze, en dépit des tristes abois de son estomac
et des bâillements lamentables de ses chausses déchirées;
là, souvent il avait vécu, tout le jour, de quelques
vieilles croûtes de pain qu'il trempait dans l'eau de la
Samaritaine pour les amollir; il se délectait à regarder les
parades du singe et les comédies des marionnettes de
Fagottini; mais il n'avait jamais donné une coquille de

noix à la quête de ce singe qui lui gardait rancune et le
mordait du regard. Charles d'Assoucy savait par cœur
tous les airs du Savoyard, tous les contes des bateleurs,
tous les horoscopes des devins, tous les programmes des
charlatans émérites, mais il trouvait tant de plaisir, sur
le Pont-Neuf, qu'il évitait d'y chercher de la peine : il
restait honnête, au milieu des escrocs et des voleurs qui
y tenaient leurs assises quotidiennes, diurnes et nocturnes; il respectait les poches les plus béantes, et s'abs-
tenait même de faire le moindre tort aux boutiques des
marchands, qui ne le voyaient pas de meilleur œil.

C'était dans tous les quartiers de Paris qu'il allait
ramasser çà et là de quoi satisfaire sa gourmandise ; il
enlevait une oie aux rôtisseries du Châtelet, dérobait des
fruits aux Halles, dégustait les ragoûts des sauciers, et
pénétrait jusque dans le couvent des Augustins pour dé-
crocher leurs jambons; en un mot, une fois hors du Pont-
Neuf, il vivait largement aux dépens du prochain, et, tout
jeune qu'il fût, buvait autant de vin que son ivrogne de
père, sans financer d'un liard; mais il était libéral du
bien d'autrui et volait toujours au delà de ses besoins,
pour ses frères et petits amis, qui le suivaient à distance,
comme une nuée de corbeaux à la trace d'un cerf blessé.
Le Pont-Neuf était le rendez-vous général, où Charles
d'Assoucy distribuait son butin et mystifiait plaisam-
ment quelque digne badaud pour la récréation de son
cortège ordinaire qu'il nourrissait de ses larcins.

Un beau matin de mai de l'année 1616, il arriva sur le
Pont-Neuf, avant que Fagottini, son singe et ses marionnettes fussent levés. Il y avait déjà une belle assemblée

vis-à-vis le théâtre fermé et silencieux. Ses compagnons journaliers de plaisir et de filouterie redoutaient sans doute les brouillards de la Seine, car pas un ne vint à sa rencontre pour avoir part à sa première aubaine; Charles d'Assoucy, qui mettait sa vanité à ne faire ses coups qu'autant qu'il pouvait être admiré de ses jeunes émules, alla s'asseoir philosophiquement sur le parapet, les jambes pendantes et les mains dans ses poches : il s'ennuyait. Ce fut pour se distraire et passer le temps, qu'il se mit à interpeller les passants avec une verve et une malice qui lui étaient coutumières.

— Monsieur l'animal, criait-il à un gentilhomme qui marchait tout fier de son pourpoint de satin tailladé, quelle est cette queue qui traîne derrière vous ? Oui-dà, messire, ce n'est rien que votre épée.

— Madame la poissonnière, disait-il à une vendeuse de marée, vous sentez plus fort que la rose; allez vous laver aux étuves de la Croix-du-Tiroir, pour parfumer les bains qui sont chauds à cette heure et qui attendent pratique.

— Bonjour, gentil neveu d'Angoulevent ! répondait-il à un vendeur de soufflets qui lui offrait sa marchandise; est-ce pas toi qui fais tourner les moulins de Montmartre ?

— Mon ami, portez-vous au fripier la garde-robe de votre maître ? disait-il à un laquais habillé de neuf.

— Quelle heure vient de sonner à la Samaritaine ? demandait-il à un moine qui revenait de la quête aux aumônes : à coup sûr, c'est l'heure de boire, mon Père.

— Ohé ! mesdames, sommes-nous pas en la saison des

pies? répliquait-il à des commères, qui maugréaient contre lui et menaçaient de lui couper la langue.

Ses insolentes provocations n'avaient pas de résultat fâcheux pour ses épaules; car tous les rieurs se tournaient de son côté, et chaque individu qu'il avait attaqué d'un ton goguenard se hâtait de poursuivre son chemin, au milieu des éclats de rire. Tout à coup il cessa de jeter des quolibets, et porta son attention muette vers un marchand qui étalait sa boutique de confitures et de sucreries, en glapissant cette annonce de son commerce : *Co, co, cot, cot, coti, coti, cotignac, cotignac d'Orléans!*

Cette confiture sèche de coings, renfermée dans des boîtes de bois blanc de différentes grandeurs, était depuis des siècles en faveur spéciale auprès des amis de la friandise : elle avait eu tant de renommée au moyen âge, que l'on en offrait aux rois et aux reines, à leurs entrées dans les villes du royaume; les enfants en raffolaient, et Charles d'Assoucy, qui obéissait toujours aux caprices de son ventre, regarda le cotignac avec un appétit qu'il brûlait de satisfaire à tout prix, mais sans argent.

Il se leva, les yeux fixés sur ces pâtes transparentes à la couleur de carmin; il s'en approcha, pas à pas, par circonvolutions, jusqu'à ce qu'il se fût arrêté, debout en face du marchand, qui crut avoir trouvé un acheteur, et qui attendit que l'argent parût; mais l'argent ne paraissait pas, et le chaland, immobile, dévorait du regard plus de cotignac que son estomac n'en aurait pu contenir; il se pourléchait les lèvres, comme un chat qui va s'élancer sur un bon morceau, et il souriait avec une perfide hypocrisie, en remuant ses mâchoires à vide.

— Co, co, cot, cot, coti ! coti, cotignac ! répétait le marchand, en criant à tue-tête, pour exciter davantage la
convoitise du petit gourmand. Mon cher enfant, c'est du
véritable cotignac de la bonne ville d'Orléans, du cotignac royal au sucre et au vin blanc : ce soir, ma boutique sera toute épuisée, sans que les rats s'y mettent. En
voulez-vous pas goûter ?

Le marchand de cotignac excitait la convoitise du petit gourmand.

— Certainement ! j'en goûterai volontiers ! reprit d'Assoucy, qui oubliait la condition sous-entendue de payer
comptant. Ce cotignac a le teint plus clair et plus rose
qu'une fille de quinze ans ; ce cotignac est digne d'orner les
buffets du Louvre ; ce cotignac est divin, et vous méritez
d'être complimenté par messieurs les échevins de la bonne
ville de Paris, pour l'avoir apporté de si loin. Je vais vous
envoyer un tas de gens qui se battront afin d'acheter
toutes vos boîtes : baillez-moi seulement, s'il vous plaît,

la plus petite, que j'y goûte, suivant votre honnête intention.

— Merci de vos louanges, mon ami. Prenez la plus
grande boîte moyennant un écu, et mangez-la dévote-
ment, pour l'amour de moi. Rien qu'un écu !

— Vous êtes le plus généreux homme que je sache, dit
le drôle en s'emparant d'une boîte qu'il eut mise à sec en
un tour de langue. Je saurai reconnaître ce don gracieux.

— Il suffit de me donner un écu, répétait le marchand,
qui devint pâle à l'idée seule du péril que courait son bénéfice ; non un écu d'or de cinq livres, mais un écu blanc
de soixante sous, et j'ose déclarer que nul autre ne fabri-
que de cotignac à si bon compte. Vous plaît-il de choisir
une seconde boîte et de payer toutes les deux ensemble ?

— Volontiers ! J'irai jusqu'à trois, riposta d'Assoucy,
faisant main basse sur le cotignac, et je vous assure ma
chalandise : quant à l'argent, bonhomme, allez voir à
la Monnaie, s'il y est venu.

— Au voleur ! cria le marchand, qui ne fut que trop
convaincu d'avoir été dupé ; arrêtez ce filou effronté ! Il a
mangé mon cotignac et ose nier sa dette ! mordienne !...
Que ce méchant garçon me montre l'âme de sa bourse ;
sinon, je le mène aux prisons du Châtelet !

— Ma bourse est en la poche de quelqu'un, allez-y voir !
dit le voleur, affectant bonne contenance, au lieu de
s'enfuir. Je ne vous ai pas trompé, monsieur du cotignac ;
je n'ai fait qu'accepter votre offre obligeante de goûter
vos pâtes, que je déclare exquises et incomparables. Or
donc j'invite les bonnes gens ci-présentes à en prendre

aussi, s'ils ne me croient sur parole. Prenez, Messieurs!
cela ne coûte qu'un grand merci.

Le marchand se désolait et jurait que son cotignac
n'avait pas été payé; d'Assoucy lui rendait invective pour
invective, et le raillait en termes si gais, que les passants
s'arrêtaient pour rire aux éclats. La mine irritée du vendeur et la grimace sardonique du trompeur présentaient
un contraste amusant, et personne n'aurait pris parti
pour le premier, si le second n'avait de longue date amassé
bien des haines qui saisirent cette occasion de vengeance
commune. Aux rires succédèrent les murmures et les
menaces; ceux qui avaient eu à se plaindre de l'imperti-
nence loquace et de l'habile rapacité de ce petit mauvais
garnement entraînèrent l'opinion des indifférents, et
d'Assoucy remarqua que les visages se rembrunissaient
autour de lui, et que la presse des curieux, en s'épaissis-
sant, lui fermait déjà la retraite : il baissa le ton et les
yeux avec inquiétude.

— C'est lui! disait-on à ses oreilles, c'est le plaisant du
Pont-Neuf! Il a pendu une queue de vache au dos de ma
femme!

— Il m'a nommé l'oison plumé!

— Oui-dà, il vint m'appeler, l'autre jour, à cause de ma
perruque blonde : *M. le soleil de la rue des Marmouzets!*

— Il a soustrait de mon ouvroir un jambon de Pâques!

— Il a cassé hier le vitrage de ma fenêtre !

— Il ronge, mieux qu'une souris, mon beurre et mon
fromage!

— Vraiment, il semble que je chauffe le four sans cesse
à son usage, sans voir jamais l'ombre de sa bourse!

— Il a rompu les reins de ma chatte !

— Le malandrin attire mon vin, par le soupirail de ma cave, à l'aide d'un tuyau de paille !

— En prison ! à l'amende ! Il a mérité mieux que la potence !

Charles d'Assoucy, effrayé de ces menaçantes récriminations qu'il avait peine à démentir par signes négatifs (car la rumeur couvrait sa voix), et se voyant cerné de toutes parts, fut sur le point de crier grâce et d'avouer tous ses méfaits. On se préparait à l'arrêter et à le conduire devant le lieutenant civil au Châtelet, lorsque, profitant de la diversion causée par le récit du vol que le marchand exagérait de plus en plus, il réussit à percer la foule, en baissant la tête, en se faisant mince et fluet. On ne s'aperçut de son évasion, qu'au moment où il courait de toutes ses forces, et la foule aussitôt s'ébranla, en criant, à sa poursuite. D'Assoucy, prévoyant bien qu'il ne pouvait lutter de vitesse avec tant de jambes plus grandes que les siennes, se jeta brusquement dans un autre groupe aggloméré devant le Savoyard, qui chantait, en ce moment, des couplets satiriques contre le maréchal d'Ancre, favori de la reine-mère et régente Marie de Médicis, et à ce titre, fort détesté du peuple et des gens de cour ; ce groupe était donc trop attentif aux chansons pour avoir égard au passage presque invisible d'un enfant qui se frayait une route entre les jambes des spectateurs. Aussi, le fugitif parvint à se glisser sous la toile peinte de l'échoppe des musiciens, avant que les assistants fussent instruits de ce dont il s'agissait. Pendant ce temps, le tumulte s'étendait d'un bout à l'autre du pont, où chacun s'intéressait à la recherche du voleur dont on avait perdu la trace, si bien que tous les jeux et divertissements demeurèrent suspendus en un instant.

— Holà! petit page, cria le chanteur aveugle à son accompagnateur qui cessait de pincer du luth; qu'est-ce donc? Que se passe-t-il? Mène-t-on pendre quelque pauvre diable? Ou bien a-t-on enfin changé les sots ministres de Sa Majesté, récompensé le maréchal d'un beau logis à la Bastille, et fouetté par les rues madame son épouse, Léonora Galigaï? Quel événement est-ce là?

— Moins que rien, monseigneur, répondit respectueusement le page de musique. J'ai pensé d'abord que les gens du roi venaient vous prendre pour vos chansons politiques; mais ce n'est qu'un petit larron, qui a fait camus le marchand de cotignac, et qui s'est évadé parmi la presse. Pendant qu'on le cherche, vous plaît-il de déjeuner?

— Oui, ma fi! la faim chante dans mes boyaux. Quant au voleur, je lui souhaite heureuse chance, surtout s'il veut enlever à tous les diables le singe et les marionnettes de maestro Fagottini.

A ces mots empreints d'un aigre ressentiment, il étendit son poing fermé du côté des tréteaux de Fagottini, où le singe battait le tambour sans se soucier du bruit confus qui régnait sur le Pont-Neuf; il entra dans son tabernacle, au moyen d'une échelle, et se déroba lentement aux regards de ses auditeurs, pendant que son page de musique était allé acheter, pour leur déjeuner, des saucisses chez le charcutier et du vin clairet chez le tavernier. Tout à coup le Savoyard, qui s'était assis devant

une table avec autant d'aisance que s'il eût fait usage de ses
yeux, sentit un obstacle à ses pieds qu'il voulut allonger,
et, y portant la main vivement, rencontra un bras, une
tête, puis un petit être vivant, qu'il tira de dessous la
table, et qui n'eût pas donné signe de vie, sans une chi-
quenaude que l'aveugle lui appliqua sur le nez, et sans
une rude secousse à laquelle il obéit en se mettant à deux
genoux, dans la posture d'un enfant qui attend une cor-
rection souvent donnée et reçue.

— Holà! qui est celui-ci? demanda le Savoyard,
d'un accent terrible : encore quelque malin compagnon,
qui s'est introduit céans pour piller mes chansons et ma
musique! J'ai promis d'étrangler le premier que je trou-
verais en flagrant délit de vol, fût-ce un fils de famille...
Mordié! pourquoi ne vas-tu pas récolter une riche moisson d'écus chez maître Fagottini, drôle?

—Parlez plus bas, compère, interrompit d'Assoucy qui
ne se débattait point sous la vigoureuse étreinte du
Savoyard; sauvez-moi de la prison, en m'honorant de
votre benoîte sauve-garde. Ces gens sont trop outrés
contre moi, qui ne les ai pourtant offensés, et s'ils me
découvrent, ils n'auront pitié de mon âge, ni de mon
innocence : j'en tremble!

—Ma fi! c'est le voleur de cotignac, j'imagine, répliqua
le chanteur, en ricanant. Tu as sans doute, petit drôle,
l'innocence de Barrabas ou du bon larron de l'Évangile?
Eh bien! je serai clément, et ne te livrerai pas, à condition que tu t'engageras à mon service, pour remplacer
mon second page de musique, qui est mort hier de la gale.

— Ne vous moquez pas, maître Philippe; un âne brait

mieux que je ne chante, et je ne sais jouer d'aucun instrument, sinon de la pince, du croc et de la truche.

— Tu parles l'argot des voleurs, mon fils, comme si tu
avais ramé sur les galères du roi, mais je redresserai ton
éducation boiteuse, je t'apprendrai à jouer du luth, à
rimer des vers en vaudeville, à débiter de plaisants
discours, et surtout à lâcher le ventre aux escarcelles;
enfin, tu deviendras, sous ma loi, poète, orateur et musicien.

Charles d'Assoucy, séduit par ces belles promesses
plus encore que contraint par la circonstance, signa son
engagement, aux cris de la foule qui le cherchait, et re-
nonça sans regret à la maison paternelle pour éviter la
prison et ses fâcheuses conséquences. D'ailleurs, le Savoyard ne lui laissa pas le temps de la réflexion; et, tirant
d'un coffre la défroque du galeux défunt, invita son nouveau page de musique à s'en revêtir à l'instant. D'Assoucy
hésita d'abord, et il faisait la moue, au souvenir de la
maladie contagieuse à laquelle son devancier avait succombé; mais il n'osa pas s'aliéner par un refus la bienveillance de son nouveau maître, et il se rappela qu'il avait
souvent risqué plus que de gagner la gale; il s'affubla donc,
sans résistance, du manteau de velours rouge troué, des
chausses de laine jaune, semées de taches, du chapeau
de feutre à plumes fanées, et des autres insignes de sa
profession future. Cependant, il éprouva un serrement de
cœur, quand l'aveugle eut renfermé dans son coffre les
guenilles que son nouveau page de musique venait de
quitter, pour endosser la livrée de sa nouvelle profession; c'était pour lui comme un adieu au monde, où

4

son costume de baladin ne lui permettrait plus de se montrer. Ce déguisement l'avait changé de telle sorte, que son père même eût hésité à le reconnaître; d'amples moustaches postiches achevèrent la métamorphose.

D'Assoucy s'aperçut bientôt que la perte de sa liberté n'avait guère de compensations agréables, et s'il l'avait pu, dès le lendemain de son entrée en fonctions, il eût repris son ancien genre de vie; mais il était gardé de près par son maître, et surtout par le premier page de musique, dont la jalousie ne fit que s'accroître, en raison des progrès étonnants qui signalèrent l'apprentissage musical de son jeune rival. Ce fut même la seule consolation du pauvre d'Assoucy, qui apprit à composer des airs et à jouer du luth, avec une si merveilleuse facilité, qu'au bout de six mois il surpassait de beaucoup les talents de son camarade : celui-ci en avait conçu une haine féroce contre ce dernier venu, qui lui disputait la faveur du Savoyard et du public.

Le Savoyard n'était pourtant pas un maître commode, dont les bonnes grâces méritassent de faire des jaloux : il avait le parler aussi brutal que le geste, et ses colères suivaient leur libre cours à tort ou à raison, sans que la soumission la plus humble de la part de ses valets servît à le calmer. Il n'épargnait pas les coups ni les avanies à ses deux pages de musique, pour la moindre distraction, pour la moindre négligence, pour la moindre fausse note, dans l'exécution musicale dont ils étaient chargés : souvent, en public, il interrompait sa chanson, par un double soufflet distribué à droite et à gauche; souvent il avait le pied aussi leste à frapper, que la main. D'Assoucy

seul se regimbait et protestait contre ces admonitions
imprévues, mais l'aveugle frappait de plus belle et ne
voulait rien entendre.

Ces inconvénients du métier se reproduisaient, chaque
jour, sans amener au moins quelque dédommagement;
le Savoyard était frugal dans ses repas, mais les deux
pages avaient à pâtir de ses rares excès de boisson;
l'ivresse l'excitait alors à battre monnaie sur la joue de ses
deux esclaves, suivant sa propre expression; car il ne les
aimait pas et les regardait comme des outils à lui appartenant. Grossier, inaccessible à tous les sentiments d'affection et de reconnaissance, il subissait à la fois l'influence de deux haines également implacables, d'une
nature différente : l'une noble et hardie, contre l'Italien
Concini, maréchal d'Ancre, qui tenait le roi en tutelle et
la reine régente en servage; l'autre, basse et misérable,
contre les marionnettes et le singe de Fagottini qui faisaient une concurrence redoutable à ses vers et à sa musique.

D'Assoucy conservait, d'ailleurs, son insouciance, et ne
trempait pas dans les deux haines de son maître : il ne
connaissait que de nom le maréchal d'Ancre, et il se
divertissait au spectacle du singe et des marionnettes,
contre lesquels le premier page de musique tramait
sournoisement un complot, pour être utile et agréable
au Savoyard. D'Assoucy, aspirait à se soustraire à cet
esclavage insupportable et essaya d'abord de l'adoucir
par les licences qu'il se permettait en trompant les yeux
toujours ouverts de son perfide collègue et la perspica-
cité clairvoyante de l'aveugle; il regrettait ses bonnes

aubaines d'autrefois et son aventureux vagabondage
dans Paris, honteux qu'il était de se voir réduit à voler
le chétif souper et le vin aigrelet de son tyran. Combien de fois, en reconnaissant ses frères et amis au milieu de l'auditoire du Savoyard, combien de fois ouvrit-
il la bouche pour les appeler à son secours! Mais un coup
d'œil jeté sur son grotesque déguisement lui faisait monter le rouge au front et le forçait à se taire. Il n'aurait
pas rougi d'être pris en flagrant délit dans l'accomplisse-
ment d'un vol adroit ou audacieux, et il se croyait avili
par son costume de baladin!

Il ne se contenta pas de faire main basse sur le maigre
ordinaire du Savoyard, qui, s'apercevant de la diminution
des parts à la mesure de son appétit et de sa soif, gron-
dait entre ses dents et rudoyait son premier page, seul
chargé de régler et de diriger toutes les dépenses de la
table. D'Assoucy se réjouissait des mauvais traitements
qu'il attirait ainsi sur le dos de son compagnon. Quant à
lui, qui avait le rôle de présenter le bassin à la ronde
pour la récolte pécuniaire parmi les auditeurs du Savoyard, il faisait rapidement passer les pièces de monnaie
dans sa poche, et souvent rapportait le bassin vide au
chanteur aveugle, qui murmurait contre le malheur du
temps et le resserrement des bourses. D'Assoucy raflait
toujours la meilleure partie de la recette.

Le lundi 14 avril de l'année 1617, il attendait que son
maître eût achevé de chanter un nouvel air sur les cour-
tisans; et, assis au coin de la balustrade de l'orchestre,
il contemplait de loin, en se rongeant les ongles, trois
malheureux, qu'on venait d'attacher au grand gibet,

dressé au bas du Pont-Neuf, pour l'épouvante des langues légères et satiriques ; car ce n'étaient pas des malfaiteurs qui méritassent la corde, mais bien de pauvres bourgeois coupables seulement d'avoir désapprouvé, tout haut, la marche des affaires publiques ou injurié le maréchal d'Ancre. Aussi, personne n'osait plus exprimer son mécontentement avec franchise, depuis que les paroles imprudentes étaient punies de mort, sans forme de procès.

Soudain de grandes clameurs retentirent du côté du Louvre, et la ville entière cria d'une seule voix : *Vive le roi!* Concini, en se rendant chez le roi avec une escorte de ses partisans, avait été assassiné, sur le Pont-Tournant du Louvre, par les favoris du jeune prince, qui, empressés de succéder au maréchal d'Ancre, ensanglantèrent ainsi le commencement du règne de Louis XIII; mais ce crime, exécuté au moyen d'un lâche guet-à-pens, satisfit la fureur du peuple contre les conseillers de la reine-mère, et la joie publique se révéla par des atrocités. Le corps du maréchal, enterré en secret, le soir même, sous les orgues de Saint-Germain-l'Auxerrois, devint le jouet de la populace, qui, par vengeance, le traîna dans les ruisseaux, avant de le brûler sur le Pont-Neuf.

Le Savoyard ne fut pas le dernier à célébrer la délivrance du roi et de la France : il improvisa une complainte bouffonne sur *la Passion du seigneur Concini et sa descente aux enfers.* Cette pièce eut les honneurs de l'à-propos. Ce jour-là, le singe et les marionnettes de Fagottini furent abandonnés : d'Assoucy ne cessait pas de faire circuler le bassin, où pleuvaient les liards, les sous et même les écus; tout le monde apportait son offrande à la poésie et à la musique; mais le malin page, songeant à profiter de cette abondante recette qui ne se renouvellerait peut-être pas de sitôt, détournait très adroitement à son profit le cours de ce Pactole inusite, qui roulait de plus grosses pièces qu'il n'en avait jamais vues dans son plat de cuivre; il se jetait si avidement sur ce butin, que ses dix doigts ne lui suffisaient pas pour prendre; et l'aveugle, à qui revenait, après chaque tour de quête, le bassin allégé de la moitié de son poids, n'était pas peu surpris que la générosité de l'auditoire fît tant de bruit pour un si modeste résultat : depuis long-temps il soupçonnait la probité de ses pages de musique, et il prêta l'oreille au son des espèces de billon et d'argent, qu'il comptait tout bas à mesure qu'elles tombaient dans le bassin; ses calculs se trouvèrent faux de tout ce que s'était adjugé le voleur, avant de rendre le reste de sa collecte. Le Savoyard faillit éclater de rage, en acquérant la preuve certaine de la supercherie de son second page de musique, et il fixa sur lui des yeux blancs sans regard, comme pour épier un geste ou un mouvement de main accusateurs; il interrogeait de toute la puissance de l'ouïe les bruits vagues et indécis qui pouvaient l'aider à surprendre en flagrant délit le larron, de manière à lui ôter la ressource de nier l'évidence. D'Assoucy se fiait aveuglé-ment à l'infirmité permanente de son maître et à l'absence momentanée de son camarade, pour cacher à peine les continuels larcins qui enflaient ses poches, lorsque le Savoyard, qui se tenait derrière lui, le coiffa d'un énorme coup de poing et l'arrêta la main pleine.

—Mordié! s'écriait-il en blasphémant et en réitérant les

bourrades, nierez-vous, messire le fripon, que vous me
ravissez le plus clair de mon bien? Çà, messieurs, dit-il
en s'adressant aux témoins de la scène, je vous interpelle
tous : quel châtiment mérite ce fourbe qui s'enrichit à
mes dépens? Admirez, messeigneurs, comme vos dons et
charités enrichissent ce gueux d'hôpital! Mais je ne suis
pas si privé d yeux qu'on imagine, car le sort m'a planté
des yeux aux oreilles. O le mécréant, fils de Juif et
d'Arabe! combien de sous marqués se sont évanouis entre
ses doigts! L'ingrat, que j'ai retiré du péril de la prison et
de pire, me paie de la sorte ma folle humanité! Mordié,
pour le punir, je m'en vais le battre, devant vous, en
gamme chromatique.

Le Savoyard, sourd aux supplications de l'enfant qui
se débattait de toutes ses forces, lui déboucla ses
chausses, d'où l'argent volé tombait en s'éparpillant, et
lui infligea publiquement la punition du fouet, qui n'était
pas encore banni de la justice légale. D'Assoucy, essoufflé
de résistance et de prières, subit héroïquement ce supplice, et se vengea en piquants jeux de mots, quand il se
retrouva debout sur ses pieds, et ne montrant plus que
son visage narquois à l'assemblée. Les spectateurs qui
avaient ri de cette exécution rirent davantage des plaisants quolibets que la colère inspirait au patient; le
Savoyard, déconcerté par cette verve d'invectives, pro-
posa lui-même, à son page des conditions de paix, qui ne
furent pas acceptées; ce ne fut qu'une trêve de part et
d'autre.

Sur ces entrefaites, une horde de sauvages de la lie du
peuple se précipita sur le Pont-Neuf, où le gibet avait été,

pendant la nuit, renversé et brûlé : le cadavre du maréchal d'Ancre, horriblement outragé, servait de jouet et
de trophée à ces misérables, parmi lesquels des femmes,
d'horribles mégères, se distinguaient par leur acharne-
ment sur ces informes restes, souillés de sang et de bouc.
On chantait en chœur d'odieux couplets, on dansait autour
de ce pauvre corps défiguré; on mêlait le nom de la
reine mère à celui de son ministre favori, dans un chaos
de malédictions à la mémoire du défunt; ensuite on traîna
le cadavre vis-à-vis le Cheval de bronze et on le dépeça
par morceaux, en criant toujours : *Vive le roi!* Des
paysans de la province achetèrent des lambeaux de cette
chair saignante, pour l'emporter avec eux, et il y eut des
monstres qui en mangèrent, pour mieux assouvir une
haine abominable qui survivait à la victime.

— Mordié! je veux aussi aller le voir, ce damné Italien!
dit le Savoyard, oubliant qu'il était aveugle. Vraiment, je
ne le verrai point, mais je le toucherai et tâterai, à l'endroit de ses blessures, que j'eusse voulu faire moi-même.
Viens çà, Charlot, conduis-moi, en pinçant du luth, tandis
que je chanterai gratis la complainte du détestable Concini.

D'Assoucy, qui gardait trop de rancune à ce brutal
aveugle pour se résigner à une plus longue servitude,
crut l'occasion opportune pour s'enfuir, à la faveur du
tumulte; il eut soin d'emporter le petit trésor qu'il devait
à ses vols journaliers et qu'il avait enfoui sous un pavé;
puis, se recommandant tout bas au dieu des aventuriers,
il accompagna son maître, en jouant de la musique,
pendant que celui-ci hurlait ses fureurs poétiques contre

la mémoire de l'Italien Concini. Mais la foule était plus
curieuse de voir que d'écouter, et le Savoyard se plaignait
de ce qu'on ne lui ouvrît point un chemin jusqu'à l'objet
inanimé de son fougueux ressentiment ; la difficulté d'a-
vancer augmentant à chaque pas, d'Assoucy donna tout
à coup un croc en jambe à l'aveugle, qui, en perdant l'é-
quilibre, entraîna dans sa lourde chute plusieurs de ses
voisins, aux vêtements desquels il s'était accroché. Ils
tombèrent les uns sur les autres, en jurant tous à la fois
et s'entortillèrent mutuellement, sans pouvoir se relever,
tandis que d'Assoucy se hâtait de gagner le large.

— O le traître ! ô le félon ! se mit à crier le Savoyard,
attribuant aussitôt sa culbute à son page, qu'il soupçonnait d'avoir pris la fuite ; à l'aide ! au secours ! bonnes
gens, arrêtez-le, ramenez-le-moi, je vous prie ! Il court à
belles jambes de ce côté, vous le reconnaîtrez à son habit
de perroquet. C'est un larron, c'est lui qui a volé le cotignac ! C'est lui qui volait le produit de mon travail !
Nous le ferons pendre au son de ma musique.

D'Assoucy, qui s'éloignait en tapinois, après avoir fait
choir son maudit aveugle, fut frappé de terreur, quand il
l'entendit se déchaîner ainsi en amères récriminations :
le vol de cotignac, qu'on lui reprochait à haute voix,
vint se représenter vivement à son esprit, et il se per-
suada que plus d'un passant en avait été témoin. Il s'i-
magina aussitôt que tous les regards, que tous les sourires
le désignaient comme le voleur de cotignac : sa vue
s'obscurcit, ses membres tremblèrent, ses idées s'éga-
rèrent, ses jambes se dérobèrent sous lui : il faillit se
livrer lui-même, faute de pouvoir s'enfuir.

Il errait sur le pont, d'un bord à l'autre, sans savoir
quelle route tenir, ni quel parti prendre; il croyait voir
partout des mains s'étendre vers lui pour le happer, et il
eut beau marcher en tous sens, le Cheval de bronze avait
l'air de le poursuivre toujours; enfin les cris de l'aveugle
se rapprochèrent, répétés de bouche en bouche, et le cotignac devenait pour le voleur un spectre menaçant.
Effaré, haletant, il s'arrêta devant la Samaritaine et se
glissa, par un passage noir qui s'offrait à lui, dans un escalier en limaçon, qu'il descendit en larges enjambées, sans
s'inquiéter de savoir où il était et où il allait, pourvu
qu'il échappât aux regards de mille spectateurs. Peu s'en
fallut qu'après une année d'intervalle il eût une indiges-
tion de cotignac.

Enfin il respira, en se trouvant dans un lieu voûté,
obscur et solitaire, qui ressemblait à une cave, et il espérait n'avoir plus rien à redouter, lorsque le bruit d'une
porte qu'on fermait, en haut de l'escalier, à doubles ver-
roux et à triples serrures, lui apprit qu'il était prisonnier.
Alors il craignit de n'avoir échappé à un péril, que pour
tomber dans un pire. Allait-il être condamné à mourir de
faim dans un horrible cachot? Il regretta de n'avoir pas
été ressaisi par le Savoyard, fût-il à demi mort entre les
mains de ce brutal; il eut l'idée de pousser des cris perçants pour se faire entendre du dehors et pour qu'on vînt
le délivrer. Tout à coup, son effroi prit le caractère du
vertige, quand un coup d'œil, jeté autour de lui parmi les
ténèbres, lui fit croire qu'il n'était pas seul, comme il
l'avait pensé d'abord, et que les habitants de ce sombre
repaire étaient venus là pour le recevoir.

Ce fut une vision surnaturelle, un aspect inouï et mystérieux, que l'assemblée de vingt ou trente personnages des deux sexes, droits, immobiles et muets rangés contre la muraille. Ces fantômes, dont les vêtements et les joyaux brillaient dans l'obscurité, avaient l'air de tenir cour plénière, en silence, au fond de cette cave, et si leurs costumes magnifiques n'eussent pas annoncé des seigneurs et des princes de la plupart des nations de l'Orient, on aurait pu supposer que c'étaient des êtres du monde idéal, des spectres ou des démons, tant leur réunion, dans un pareil endroit, tenait du merveilleux.

D'Assoucy n'était pas peureux; mais son imagination, exaltée par la lecture de quelques histoires romanesques et surtout des *Métamorphoses d'Ovide*, sortait volontiers des limites du vrai et du vraisemblable : il ne prit pas le temps de réfléchir, il n'eut pas même le courage de regarder en face ces êtres singuliers, qui n'avaient encore ni bougé, ni parlé, et qui ne lui demandaient pas compte de sa présence : il courut, tout hors de lui, pour chercher une issue, pour s'arracher à ce terrible cauchemar; son effroi multipliait le nombre et grossissait la forme de ces fantastiques apparitions.

Malgré l'épouvante qui paralysait ses sens, il se trouva au pied de l'escalier, qu'il commençait à gravir péniblement pour revoir la lumière du soleil et le séjour des hommes; mais il n'avait pas franchi la dixième marche, qu'il entendit les degrés de pierre retentir, au dessus de sa tête, sous les bonds d'un être vivant, qui venait d'en haut et qui, l'ayant heurté violemment, se cramponna en grognant à son collet.

Le pauvre enfant, stupéfait de cette rencontre offen-
sive, frissonna de tous ses membres, le corps mouillé
d'une sueur froide, et, pour la première fois de sa vie, il
pria le bon Dieu de le défendre contre la griffe du diable.
Cette prière mentale lui rendit un peu d'énergie, de
telle sorte qu'il put arrêter et serrer dans ses bras un
animal velu, porteur d'une longue queue, qui faisait pré-
sumer l'existence des cornes accessoires pour compléter
les attributs de Satan en personne : or, l'animal ou Satan
lui-même, étonné et irrité de se sentir captif, s'agita de
toutes ses forces et mordit au sang le visage de son
adversaire.

Une lutte s'engagea entre l'homme et la bête, qui s'é-
treignaient mutuellement, qui se déchiraient des ongles
et des dents, qui se lançaient d'un mur à l'autre, et s'é-
puisaient en efforts successifs et réciproques : par intervalles, un cri de douleur, un soupir de fatigue, un gron-
dement de rage. D'Assoucy éprouvait la cruelle agonie
d'un mauvais rêve, qui s'achève péniblement entre la
veille et le sommeil, et que vont dissiper les premiers
rayons du jour; enfin, égratigné, mordillé et maltraité
par le démon inconnu qu'il combattait dans l'ombre, il
appela toute sa vigueur à un assaut désespéré, qui
acheva son triomphe; il coucha son ennemi sur la
pierre humide de l'escalier, et lui pressant la poitrine
avec le genou, il l'étouffa, sans autres armes que ses dix
doigts. Un râlement entrecoupé fut le signal de sa victoire,
et l'ennemi mort lui parut moins redoutable : le démon
n'était qu'un singe, et cette découverte inattendue enhardit le vainqueur, au point de lui permettre de promener

ses yeux autour de lui et d'explorer la retraite que le hasard lui avait offerte.

Sa terreur panique ne survécut pas au malheureux singe, qui gisait à l'entrée du caveau, comme une sentinelle morte à son poste; il osa pénétrer jusqu'au fond du souterrain, et s'approcher des spectres formidables qui l'avaient tant effrayé et qui n'étaient autres que les marionnettes du signor Fagottini.

Cet opérateur italien, qui, en sa qualité de compatriote, avait toujours été un dévoué partisan du maréchal d'Ancre, s'était hâté, au premier avis qu'il eut de l'assassinat de son protecteur, de mettre en sûreté toute sa fortune, c'est-à-dire son singe et ses acteurs automates, dans le souterrain que lui louait à bail Linclair, le gouverneur machiniste de la Samaritaine. Ce souterrain, qui traversait la seconde arche du pont, sous la chaussée, avait été ménagé lors de la construction du Pont-Neuf, pour servir de cave aux maisons qu'on devait élever primitivement de chaque côté de ce pont, et il n'avait pas été comblé depuis. C'est là, dans cette galerie ténébreuse, à la voûte suante et au pavé moussu, que Fagottini emmagasinait le matériel de son théâtre en plein vent : décorations, garde-robe dramatique, acteurs au rebut et à la retraite, débutants non encore façonnés; cette fois, la troupe tragi-comique y siégeait tout entière sous la garde du singe.

Charles d'Assoucy eut le cœur gros et les larmes aux yeux, en s'accusant d'avoir tué son bon ami le singe, qu'il avait tant de fois festoyé d'oublies et de gimblettes, à la barbe du Savoyard. Après un court instant accordé à cette oraison funèbre, après une enquête des localités, après enfin une visite de curiosité à chacun des hauts et puissants seigneurs de bois, qui étaient pour lui de vieilles connaissances, d'Assoucy demeura convaincu de l'inutilité de ses tentatives pour sortir immédiatement de ce souterrain ; il résolut donc d'accepter sa destinée avec une stoïque résignation, mais, pour passer le temps et se désennuyer, il se hissa jusqu'à l'ouverture d'une petite lucarne, par laquelle il aurait pu s'amuser, en toute autre circonstance, à cracher dans l'eau pour faire des ronds et à saupoudrer de poussière les bateliers qui passaient sous la seconde arche du Pont-Neuf.

L'ébranlement des pas et le son confus des voix cessèrent de retentir sous la voûte du pont; la nuit était venue, et on entendait encore, le long des rives de la Seine, les cris de : *Vive le roi!* se mêlant à des cris de joie et de vengeance, comme les derniers échos de l'odieux assassinat commis dans le Louvre par ordre du jeune Louis XIII : d'Assoucy avait vu jeter dans la rivière les cendres du maréchal d'Ancre. Quand le silence se fut reposé sur la ville plongée dans l'obscurité, il n'espéra plus qu'on vînt lui rendre la liberté avant le lendemain, si toutefois l'on devait venir. Il entendit avec chagrin le carillon de la Samaritaine, qui sonnait l'heure du couvre-feu : tout Paris avait soupé, excepté lui. Affamé et altéré, grelottant de froid, il choisit, afin de s'y blottir, le coin le plus reculé de la cave, et s'enveloppa d'une vieille tapisserie, pour dormir, au lieu de souper.

Il dormait donc de bon appétit, depuis deux heures, et se rassasiait, en rêve, des plus excellents mets : il fut réveillé par le bruit lointain d'une porte qu'on ouvrait et qu'on refermait avec précaution ; puis, il entendit les pas de deux personnes qui descendaient ensemble dans l'esca- lier. Ce n'était point un songe, et il fut sur le point de s'élancer vers ses libérateurs ; mais, à la clarté d'une lanterne de corne, que portait l'un des deux arrivants, il reconnut avec douleur le Savoyard conduit par son page de musique. Il se demandait tout bas quel malin génie se plaisait à lui forger de nouveau la pénible chaîne qu'il avait brisée avec tant de peine, et il pleurait d'avance sur son évasion manquée ; mais il ne tarda pas à s'as- surer que ce n'était pas lui qu'on cherchait pour le ra- mener en servitude : la conversation du maître et du valet suffit pour le tirer d'erreur et le tranquilliser à ce sujet.

— Mordié ! la plaisante vengeance que tu as inventée ! disait le Savoyard, avec une émotion de plaisir qui déri- dait son austère physionomie. Vite, attaquons les marionnettes de Fagottini, et taillons-les en pièces. Où sont-elles ? Ne les vois-tu pas ? Elles doivent être ici cer- tainement. J'ai hâte de les fouler aux pieds, pour leur faire expier les torts que ce mécanicien étranger a faits à ma musique.

— Il semble que le Ciel seconde notre querelle ! s'écria le page, qui, heurtant du pied le cadavre du singe, dirigea vers cet objet indistinct le rayon de la lanterne. Voici déjà le grand singe du signor Fagottini, qui a rendu l'âme sans coup férir, et avec lui s'en va en fumée la gloire de son théâtre ; voici maintenant la loge des ac- teurs de bois, qui sont à notre merci et que nous allons mettre à mal.

— Bien, mon fils! dit le Savoyard, en poussant du pied
le corps du singe. Le temps des représailles est venu :
hier l'Italien Concini mourut, aujourd'hui l'Italien Fagottini sera ruiné: Ça! remets entre mes mains ces méchantes
bêtes de marionnettes, et, mordié ! je veux chanter faux
comme un âne rouge, si je fais grâce à pas une. Bien !
donne-moi tous ces coquins d'acteurs ! J'en veux faire un
massacre général, plus complet que le massacre des saints
Innocents. Je me réjouis de songer à la piteuse grimace
que fera monsieur mon voisin du Pont-Neuf.

Le Savoyard, qui ne perdait pas les moments en paroles, soulageait ainsi son humeur vindicative par un
monologue d'injures et d'amères railleries, pendant qu'il
démembrait et disséquait avec un féroce plaisir les automates, que son complice lui apportait un à un, en faisant solennellement le panégyrique des personnages dans
les divers rôles où ils avaient obtenu le plus de succès.
D'Assoucy riait tout bas de cette exécution à huis-clos,
et plusieurs fois il faillit éclater en bruyante hilarité, au
spectacle incroyable qu'il avait sous les yeux : le Savoyard, gravement assis sur les degrés de l'escalier,
comme un magistrat en fonction, recevait des mains de
son page chaque marionnette, à laquelle il adressait une
allocution furieuse et qu'il condamnait ensuite capricieu-
sement à différents supplices; il arrachait les bras à
celle-ci, et les jambes à celle-là; il déchirait en lambeaux
les robes dorées des princesses et cassait le nez à des
majestés royales, le tout avec un véritable raffinement
de cruauté, qui eût fait envie à un bourreau de la Grève.
Un amas de membres rompus, de têtes brisées, de bustes

défigurés et de débris confondus, ce fut bientôt tout ce qui resta de la troupe de ces innocents comédiens.

Le Savoyard et son complice ne se retirèrent que fatigués de carnage, et contents de leur nocturne expédition, sans soupçonner que le secret en fût compromis, tous deux se félicitant d'avoir tué la concurrence dangereuse de Fagottini sur le Pont-Neuf. D'Assoucy avait la pensée de les suivre de loin, par derrière, et d'effectuer sa retraite à leur suite; mais, en sortant, ils eurent grand soin de ne pas laisser ouverte la porte de l'escalier, qu'ils avaient trouvée bien fermée, avant de descendre dans le souterrain. Le grincement de la clé dans la serrure apprit au témoin de leur mauvaise action qu'il serait encore prisonnier, au moins toute la nuit. Il se résigna donc à prendre son parti, et, se vouant à la protection du hasard, qui pouvait seul le tirer d'embarras, il se rendormit du sommeil insouciant de son âge.

Ce ne fut pas le jour qui le réveilla, mais un bras d'homme qui l'enlevait par les cheveux et qui le déposa, tout tremblottant, devant le cadavre du singe et les débris des marionnettes. Le seigneur Fagottini, les yeux hagards, les joues tremblantes et les lèvres blanches de colère, se préparait à interroger le coupable, en face de ses victimes.

Le matin, dès l'aube, sous l'empire d'un sinistre pressentiment, que lui inspirait la mort tragique du maréchal d'Ancre, il était descendu dans son caveau, et le premier objet qui frappa sa vue avait été son pauvre singe étendu sans vie, la bouche ouverte et les yeux sortis de leurs orbites; puis, le désastre irréparable de la nuit s'était

offert à lui, dans toute son horreur. Ses chères marionnettes, qu'il avait quittées la veille en si belle santé, n'é-
taient plus que des débris méconnaissables ; il contempla
d'un œil sec son malheur, posa la main sur la poitrine
de son singe pour y chercher en vain un battement de
cœur, remua du pied les morts et les blessés de sa troupe
mécanique, invoqua dans sa langue maternelle les saints
et les saintes du paradis, et s'interrogea lui-même pour
approfondir le mystère de ces lâches assassinats. Le premier soupçon qui s'était présenté à son esprit tombait sur
le Savoyard, et ce soupçon se changea en certitude, ainsi
que la douleur en rage, lorsqu'il aperçut l'enfant
endormi, qu'il reconnaissait pour l'avoir vu, la veille
encore, au service du chansonnier aveugle du Pont-
Nouf.

Il ne pouvait douter que cet enfant, à l'instigation de
son maître, ne fût sans doute le seul auteur du massacre
des marionnettes et du meurtre du singe ; il l'avait donc
considéré, un moment, avec une fureur muette, incertain de la vengeance qu'il choisirait contre ce petit coquin,
mais étonné cependant de son paisible sommeil, qu'eût
envié l'innocence, à côté des preuves trop certaines du
flagrant délit.

Il le secoua rudement, pour l'éveiller, et le mit sur ses
jambes, tout ému et tout effrayé, en lui tirant les cheveux
et les oreilles.

— Malfaisant garçon, lui dit-il d'une voix claire qu'il
s'efforçait de rendre tonnante, as-tu de quoi payer l'a-
mende autrement que sur tes épaules ? Quelle méchanceté est la tienne d'avoir commis cet odieux attentat !

Mais tu n'en seras pas quitte pour la prison et le pilori.
On te pendra de compagnie avec le scélérat qui t'a conseillé de me nuire de la sorte, en tuant mon singe et sac-
cageant mes pauvres marionnettes !

— Grâce, monseigneur ! reprit d'Assoucy, qui comprit
le danger de sa position : je vous proteste que ce n'est
pas moi qui ai fait cela. Je vous nommerai, s'il vous
plaît, les coupables.

— Oui-dà ! Bien fou qui se fierait à tes mensonges !
Certes, le Savoyard a conseillé ce beau dessein, mais
c'est toi seul qui l'as exécuté.

— Vraiment, mon bon seigneur, c'est ce vilain aveugle
qui a fait le dommage, et je vous l'affirme bien naïvement, puisque j'étais caché là, où j'ai tout vu et tout entendu sans être découvert.

— Ce sont bourdes et balivernes, maître fourbe ! Pense-
t-on m'en donner à garder ?

Comment un aveugle, tel que le Savoyard, eût-il su
trouver seul le chemin de ma cave, pour commettre tels
dégâts ?

— Nul autre que lui, cependant, n'a fait rage contre
vos machines, je vous l'atteste.

Il est vrai que son méchant page de musique le con-
duisait et l'aidait bel et bien à saccager vos belles marionnettes.

— N'es-tu pas toi-même page de musique du Savoyard, infâme ? Oseras-tu soutenir, aussi, que tu n'as
point tué mon pauvre bonhomme de singe ? Tu as encore
le visage égratigné de ses griffes et meurtri de ses dents.
Çà ! je ne sais quelle pitié me retient de te mettre à mort,

comme tu as assassiné cette digne bête, qui valait mieux que tu ne vaux et vaudras jamais.

— Eh bien! compère, répliqua d'Assoucy avec effronterie, quand j'aurais tué cette maligne bête, qui me combattait, le péché serait-il irrémissible? Eussiez-vous mieux aimé qu'il me tuât et que vous en portassiez la peine en ce monde et dans l'autre? Nous avons eu ensemble un furieux duel, je vous assure, et il s'en est fallu de peu que j'eusse le dessous. Je vous prie donc de me laisser aller...

— Non, par les clés de saint Pierre! petit vagabond! interrompit Fagettini, en le saisissant de nouveau par les cheveux et le soulevant ainsi à deux pieds du sol. Tu seras fouetté par les rues et les carrefours, comme voleur de race, et M. le lieutenant civil, par devant qui je vais te mener, au grand Châtelet, a de bonnes cages de pierre pour les oiseaux de ton espèce, à moins que tu ne meures lapidé par le peuple, qui pleurera mon singe et vengera mes chères marionnettes. As-tu bien eu le farouche courage de mutiler et de détruire ces miracles d'un travail ingénieux? Je voudrais pareillement te rompre, à plaisir, bras et jambes, et ensuite te tordre le cou!

— N'en faites rien, monseigneur, si vous êtes bon catholique! s'écria d'Assoucy, à qui la faim et la crainte commandaient l'humilité suppliante; soyez plutôt charitable, en me faisant l'aumône d'une miche de pain, pour remplir mon estomac à jeun, qui semble être sans fond, comme le tonneau des Danaïdes : ordonnez ensuite, de moi, ce qu'il vous plaira.

— Par la damnation de Judas ! reprit Fagottini, en réfléchissant au parti qu'il pouvait tirer de ce petit drôle, resté en ôtage dans ses mains, pour répondre de l'attentat du Savoyard, je consens à te pardonner, à condition que tu veuilles me servir avec le même zèle que tu servais ton ancien maître. Il s'agirait de jouer du luth et de divertir les passants, au lieu et place de mon singe défunt.

— Sans doute, je le veux bien, monseigneur, pourvu que vous me donniez abondante nourriture et de gros gages en surplus, sans aucune pitance de coups, chiquenaudes, nasardes, etc. Si tel est notre marché, je suis, de ce jour, votre tout dévoué serviteur.

Le traité fut conclu de part et d'autre, avec un empressement qui ressemblait à de la bonne foi, et aussitôt il commença d'être en vigueur; car, avant d'apporter à son nouveau valet la nourriture dont celui-ci avait le plus pressant besoin, Fagottini se l'appropria tout à fait, en l'habillant d'un vieux costume italien, dont la richesse primitive avait disparu sous une double couche de poussière et de crasse : c'était la livrée du singe aux grands jours de gala, et d'Assoucy, qui succédait directement à l'animal, quitta presque à regret l'habit galeux et la pauvre condition de page de musique. Il espérait que la métamorphose qu'on lui faisait subir ne s'étendrait point au delà; mais Fagottini, pour mieux déguiser l'origine de son heureuse acquisition, lui barbouilla la figure et les mains d'une teinture noire, qui pénétrait dans les pores de la peau et y laissait une empreinte ineffaçable. L'infortuné d'Assoucy protesta vainement contre cette violation de son traité, qui, en faisant de lui le successeur d'un

singe, ne lui imposait pas le devoir de devenir un nègre.
Fagottini lui rit au nez, en jurant par tous les saints du
calendrier que l'Afrique ne produisait pas de plus joli
visage d'ébène. Dès ce moment, la discorde fut allumée
entre le maître et son valet.

Ce dernier se consolait du moins, à l'espoir d'un copieux
et succulent repas ; mais le fourbe Italien ne lui donna
que du pain bis et des oignons crus, en assaisonnant
d'éloges hyperboliques cette prétendue chère de prince.

D'Assoucy était tellement affamé, que les oignons crus
et le pain bis ne lui parurent ni trop durs ni trop lourds,
quoiqu'il n'eût que de l'eau pour les faire passer. Il avait
pourtant rêvé un meilleur dîner, et il se prit à regretter
d'avoir abandonné le Savoyard et perdu ainsi les bénéfices frauduleux qu'il pouvait détourner à son profit. Il
se rappela alors qu'il avait oublié toute sa fortune, composée de quelques beaux écus, dans les poches de son
ancien vêtement ; mais Fagottini, qui aurait entendu d'une
lieue sonner un liard, avait déjà confisqué l'argent, et
d'Assoucy eut le chagrin de voir son petit pécule s'en-
gouffrer dans une énorme bourse de cuir bouilli, qui
présentait une rotondité assez respectable. Cette inique
spoliation ne fut pas soufferte sans véhéments reproches
et gestes menaçants de la part du propriétaire de la
petite somme, qui allait s'ajouter aux économies de son
maître. Celui-ci, dont le rire redoublait aux emporte-
ments de son impuissant adversaire, le défia de s'enfuir,
après l'avoir enchaîné à un anneau de fer, pour lui en-
seigner la patience et la résignation.

Pendant que Fagottini écorchait son singe pour l'em-

pailler, et raccommodait tant bien que mal celles de ses
marionnettes qui n'étaient pas tout à fait hors de service,
d'Assoucy, mis à la chaîne comme un animal domestique,
cria, s'agita, écuma, puis pleura, puis s'apaisa ; il avait
eu le temps de comprendre que, dans sa nouvelle condition,
le plus sage était de se soumettre au joug de la nécessité

L'apparition d'un musicien nègre.

et d'attendre une occasion favorable pour s'y soustraire,
en prenant sa revanche, s'il était possible, contre son
odieux bourreau. Il promit donc d'obéir désormais aux
volontés du despote qu'il s'était donné, mais il se promit
tout bas à lui-même de se dérober à cet ignoble asser-
vissement. Hélas ! le pauvre garçon ne savait pas encore
jusqu'où irait sa misère.

Le lendemain, il suivit, en silence et la tête basse,
Fagottini, qui avait, ce jour-là, le regard plus louche et
plus faux, le sourire plus moqueur, le teint plus enluminé
et l'abord plus impudent qu'à l'ordinaire; tous deux
montèrent sur le théâtre, veuf de ses acteurs mécaniques,
et la toile fut tirée, aux sons du luth que d'Assoucy
pinçait dans la coulisse.

Le Savoyard et son page, enchantés du lâche coup
de main qu'ils avaient fait pendant la nuit pour ruiner
Fagottini, jouissaient d'avance de la situation critique
à laquelle ils croyaient avoir réduit l'inventeur des marionnettes : ils se regardèrent avec étonnement, en reconnaissant le luth d'Assoucy qui jouait un de leurs airs;
ils ne doutèrent pas que leur élève ne fût passé dans le
camp de l'ennemi. Mais l'apparition d'un musicien nègre,
qui remplaçait le singe mort, déconcerta leurs espérances
et les découragea tout à fait, en leur montrant que Fagottini n'était pas à bout de ressources, puisqu'il semblait avoir déjà trouvé le moyen de faire face à la perte
de son industrie. Ils se reprochèrent même l'inutile des-
truction des marionnettes, lorsqu'ils virent la curiosité du
public, alléchée par un nouveau spectacle, rassembler
autour du théâtre de leur rival une foule plus nom-
breuse et plus impatiente que jamais, dans l'attente de
ce spectacle. Les assistants cherchaient des yeux le singe
et les automates de Fagottini; on s'informait bien des
causes de leur absence, attribuée à quelque indisposition
subite de ces acteurs, mais on se demandait aussi à quel
rôle était destiné ce nègre, qu'on n'avait pas encore
vu sur la scène de Fagottini, et déjà chacun s'apprêtait

à mettre la main à la poche, pour payer sa place et son plaisir.

Le Savoyard ne remarquait pas de si avantageuses dispositions dans son auditoire clairsemé : il préludait tristement à sa fameuse complainte sur la mort du malheureux Conchine (on avait francisé ainsi le nom italien de Concini); mais l'événement qui avait fait le succès de cette complainte était vieux de deux jours, et la vindicte populaire s'était rassasiée sur un cadavre. On ne s'occupait même plus de la maréchale d'Ancre, qui, emprisonnée à la Bastille, devait être jugée pour crime de lèse-majesté divine et humaine, et condamnée six mois après, à être brûlée vive comme sorcière.

— Bourgeois et habitants de la célèbre et bonne ville de Paris, reine et capitale du monde, s'écriait le Savoyard, en accordant son instrument, je suis Philippe, dit le Savoyard, héritier légitime du poète grec Homère, auquel j'ai l'honneur de ressembler en ma qualité d'aveugle; le Pont-Neuf est mon Parnasse, le Cheval de bronze est mon Pégase, et la Samaritaine est la source de mon Hélicon. Je veux aujourd'hui, si vous ne jeûnez de grasse gaieté, vous chanter la chanson pitoyable et récréative d'un cordonnier, qui se coupa la gorge de son tranchet, parce qu'il avait fait des souliers trop étroits à ses pratiques. Oyez, oyez, messeigneurs, oyez cette gentille poésie, la belle complainte de l'honnête cordonnier.

L'annonce d'une chanson que recommandait un titre aussi piquant opéra un mouvement dans le public qui se partagea en deux groupes tumultueux, selon la préférence de chacun pour l'un ou l'autre spectacle; mais le

Savoyard n'eut pas plutôt entonné sa chanson plaintive, que ses auditeurs lui furent enlevés par la langue dorée de Fagottini.

— Bons chrétiens que tourmente le mal de dents ! disait d'une voix perçante le signor Fagottini, tandis que d'Assoucy gambadait à ses côtés en remuant les mâchoires, monsieur mon singe est mort hier, et mes marionnettes en ont pris le deuil. Avant qu'elles se soient consolées, ce qui ne sera pas de longtemps, puisque je les mène en Italie, à la cour d'un grand monarque, j'ai fait vœu d'arracher, gratis ou à petits frais, toutes les dents malsaines, puantes ou douloureuses, qui sont encore plantées dans vos bouches ; cela, s'il vous plaît, pour la gratitude singulière que j'ai toujours eue à l'égard des gens de Paris. C'est pourquoi je possède un miraculeux secret, pour faire repousser sur-le-champ les dents que j'ôte, de telle sorte que, deux jours après la dent arrachée, les choses se rétablissent d'elles-mêmes en leur premier état. On peut dire avec assurance que les plus grands saints du paradis n'inventeraient pas un remède plus efficace : par exemple, une vieille édentée retrouvera de quoi mordre, et je pourrais citer un vénérable cardinal, qui onc ne perdra plus ses dents, les ayant fait enlever toutes, dût-il vivre deux fois centenaire.

Cette impertinente allocution, débitée avec une assurance emphatique, rencontra peu d'incrédules; mais si chacun se rendait bien compte, à part soi, de ce qui pouvait manquer à sa mâchoire, personne n'osait courir la chance de l'essai du fameux remède. Fagottini avait déployé ses formidables tenailles d'acier, qui firent reculer d'abord même les plus intrépides, déterminés à tenter l'aventure et sacrifier une mauvaise dent pour en avoir une bonne; il recueillit bientôt une brillante moisson d'écus blancs, comme l'expression palpable de la confiance et de l'intérêt des spectateurs. Il se rengorgeait avec suffisance, apprêtait les ustensiles de son métier, en agitant un collier de vieilles dents de cheval enfilées comme des perles : tout à coup il prit d'une main d'As-

Tout à coup il prit d'Assoucy par la tête.

soucy par la tête, lui écarta les lèvres, avec l'autre main, et mit à découvert deux superbes rangées de dents, dont la blancheur contrastait avec la noirceur factice de son teint. L'enfant, que le menaçant appareil de l'art du dentiste avait troublé et inquiété, supposa naturellement une fâcheuse intention contre sa bouche, quand il se sentit saisi de la sorte à l'improviste par Fagottini; il ne cessa de crier et de se débattre, qu'en entendant ces paroles rassurantes du perfide Italien adressées à son auditoire :

— Messieurs et mesdames, avisez cette denture plus aiguisée que canif, et plus polie qu'ivoire. Eh bien! ce garçonnet avait de naissance toutes les dents ébréchées, gâtées et mal agencées : c'était un chaos piteusement entassé dans sa bouche; or, il nous fallut arracher toutes ces méchantes dents pour les remettre en plus bel ordre, et la nature fut si rétive, qu'elles ne revinrent dans le bel état où vous les voyez, qu'à la troisième pousse. Tenez-moi donc pour ignorant et calomniateur, si demain cette dent-ci que je vous montre et qui n'est plus bonne à rien n'a produit nouveau germe et nouvelle dent, pour le triomphe de mon art! Goûtez vous-même après, si cela fait le moindre mal à l'estomac!

Il voulut joindre l'exemple au précepte et fit semblant de tirer une grosse dent de la bouche de d'Assoucy, qui n'eut pas même le temps de se préparer à ce tour de passe-passe, et qui jeta un cri de douleur, en contradiction avec les promesses du charlatan. Celui-ci ne daigna plus s'occuper de son nègre, qui, pâle et tout en larmes, crut avoir perdu la dent et la voir toute sanglante entre les mains de l'opérateur.

Fagottini prolongeait l'effet de ce coup de théâtre imprévu, par de burlesques commentaires.

— Par sainte Appoline qui guérit les maux de dents! disait-il en se pavanant : arracher ou plutôt extraire une dent, fût-ce la plus grosse et la mieux enracinée, c'est moins que rien, et la douleur a les airs du plaisir. Voyez mon petit négrillon, qui se soucie de sa dent comme d'un cheveu, parce qu'il sait qu'elle ne tardera pas à reparaître

plus belle qu'elle n'était. Or, je vous convie à venir demain voir la dent neuve, qui aura poussé, cette nuit, et
si ce n'est pas assez d'une pour vous convaincre, je
veux en faire sauter deux trois, l'une après l'autre, tant
la graine est abondante, tant le terrain est fertile.

— N'approchez pas, abominable homme ! interrompit
d'Assoucy à voix basse, épouvanté du regard satanique
de l'Italien qui le menaçait de ses terribles tenailles : n'approchez pas, sinon je vous mords jusqu'au sang, je vous
égratigne la face et vous crève les deux yeux !

— Mon fils, quelle mouche te pique ! reprit doucereuse-
ment Fagottini, qui ne voulut pas pousser à bout le désespoir du malheureux enfant, qu'il emporta dans ses bras
derrière le théâtre, en lui disant, à l'oreille, de compter
ses dents et de se taire. N'ayez pas peur, messires et
mesdames, dit-il en reparaissant devant son public : mon
nègre n'est point enragé, comme on pourrait le croire;
c'est une maladie qu'il prit en nourrice, pour avoir été
piqué d'un serpent; mais, dès que l'accès commence, j'ai
grand soin de l'écarter du monde, afin qu'il ne blesse, ne
morde et n'empoisonne personne. N'aurais-je pas plus
sagement fait de lui arracher toutes les dents ?

Cependant d'Assoucy jetait de tels cris, que le rusé
Italien jugea prudent d'aller lui imposer silence, bon gré,
mal gré, et n'essaya pas de le calmer avec de bonnes
paroles : il se jeta sur lui, sans mot dire, et le serrant
dans ses bras, à lui faire perdre haleine, pour l'empêcher
de mordre et de crier, il le déposa évanoui dans le fond
de l'échoppe; puis, avant que l'enfant eût repris sa fureur
avec ses sens, il le bâillonna et le lia de fortes cordes,

comme un condamné à mort qu'on va mener à la potence.
Après avoir pris cette cruelle précaution contre la peur
et la fureur du pauvre garçon, il reparut en public et
annonça que son nègre sortait à peine d'une violente
crise, qu'il avait domptée, heureusement, au moyen d'un
élixir, panacée souveraine contre toute espèce de maux.

L'élan était donné, et ce fut à qui viendrait tendre la
bouche aux tenailles de l'impitoyable exécuteur : le fauteuil consacré aux victimes de ses actives opérations ne
restait pas vide une minute, et la concurrence augmentait
à mesure que les dents tombaient autour de l'impassible
Fagottini, qui se surpassa en adresse et en activité; il ne
déposait ses outils que pour recevoir le prix de ses services,
quelquefois avec les malédictions de ses clients : quelquefois la gencive suivait la dent arrachée, ou bien, par
quiproquo, la dent saine éprouvait le sort réservé à la
dent malade, ou bien aucun effort ne réussissait à ex-
tirper une racine engagée profondément dans ses al-
véoles; mais, en général, sauf des cris d'hommes et
des pleurs de femmes, chacun s'en allait en silence, la mâchoire plus ou moins dégarnie ou ébranlée, avec la con-
solante persuasion de voir les dents absentes repousser,
la nuit même, par la vertu de l'élixir avec lequel on devait
laver la plaie.

—Par le grand saint Hubert, qui préserve de la rage ! répétait Fagottini, à chaque dent enlevée : empêchez que,
pendant une heure, votre salive ne mouille la plaie saignante; autrement, l'élixir que je vous baille gratuite-
ment, par dessus le marché, serait comme nul et sans
puissance; efforcez-vous aussi de retenir votre haleine,

. qui peut. corrompre et détruire le germe de la dent à
venir.

Cependant d'Assoucy, en revenant à lui, avait gémi de
se trouver bâillonné et garrotté comme un criminel; son
ressentiment ne fut pas diminué quand il reconnut que
sa mâchoire était intacte et qu'il n'avait pas perdu une
seule de ses dents, mais il ne détesta pas moins, dans son
for intérieur, la barbarie tyrannique de l'arracheur de
dents, qu'il eût voulu poignarder de sa propre main; il se
calma pourtant, en pensant que bien d'autres seraient plus
maltraités que lui, et la souffrance qu'il avait ressentie
en idée était compensée par la souffrance plus réelle des
imbéciles badauds qui ajoutaient foi aux grossiers mensonges de leur bourreau: il écoutait donc, en riant, les
hurlements que Fagottini arrachait, avec les dents, à quelques-uns des patients. Mais il ne songea plus qu'à se
dérober à de plus longs tourments, dès qu'il s'aperçut que
la corde mal nouée n'entravait pas la liberté de sa main
droite : il se servit de cette main pour se débarrasser de
ses liens et de son bâillon. Aussitôt qu'il eut recouvré
l'usage de ses membres, il oublia tous ses serments
de vengeance et n'eut plus à cœur que de mettre en sûreté
sa mâchoire; il s'arma d'audace et de résolution, pour
traverser le théâtre où Fagottini opérait en public, et l'affluence y était si compacte et si empressée, qu'il ne fut
pas même remarqué dans la foule, au milieu du bruit;
déjà il se croyait sauvé, et son masque noir, qu'il avait
effacé à demi avec un linge mouillé, ne pouvait plus aider
à le faire reconnaître : par malheur, son cou et ses oreilles
n'avaient point été débarbouillés comme sa figure.

Fagottini, qui calculait sa recette d'après le nombre de clients que lui promettait la multitude de curieux arrêtés devant ses tréteaux, distingua dans cette foule mouvante une toque à plumes jaunes, qui cachait mal des oreilles et un cou de nègre; il adjura saint Michel, vainqueur du diable, et laissant là les dents qui s'offraient à ses pinces infatigables, il s'élança au bas de son estrade, en interpellant le fugitif : il fendit la presse, et rattrapa par la manche l'infortuné d'Assoucy, qui, en se retournant à la secousse, rencontra la grimace horrible de son tyran; le pauvre enfant joignit les mains avec désespoir, et, décidé à tout, plutôt que de se soumettre à cet homme impitoyable, il lui résista de toutes ses forces.

Par le martyre de saint Étienne! disait Fagottini aux gens qui l'entouraient, toujours enclins à prendre parti pour le plus faible contre le plus fort; c'est mon valet qui a ses attaques d'épilepsie, et, si je ne l'avais appréhendé au corps, il s'allait précipiter dans la rivière. Secourez-moi, s'il vous plaît, bonnes gens, pour l'emporter précieusement, comme un saint, jusqu'à mon laboratoire, où je trouverai bien un remède à son vilain mal.

— Ne croyez pas cet imposteur! criait d'Assoucy, implorant par gestes la pitié des assistants. Il m'a noirci le visage, pour faire de moi un esclave, comme si j'étais un nègre, et il m'accable de mille duretés, ce sorcier hérétique! C'est moi qui suis le second page de musique du Savoyard; souvenez-vous de moi, mes amis! C'était moi qui jouais du luth et chantais à l'unisson avec mon maître Philippe, l'aveugle du Pont-Neuf! J'aimerais mieux être esclave chez les Algonquins, que de subir la tyrannie de

ce diable, de ce païen, qui bientôt m'écorcherait vif. Holà!
assistez-moi, bonnes gens, pour l'amour de Dieu, sinon il
me tuera sans rémission! Dites, je vous en prie, au bon
Savoyard, mon ancien maître, qu'il me tire de cet enfer.

— Mordié! dit le Savoyard, frappé de cet accent plain-
tif, qu'il reconnut : c'est toi, mon fils, c'est toi, fin voleur
de cotignac! Dieu te garde, mon enfant! Tu n'auras point
en vain appelé le Savoyard à ton aide!

En parlant ainsi, l'aveugle, qui s'était fait instruire du
sujet de ce tumultueux débat, descendit de son estrade, et,
guidé par les voix, s'ouvrit un chemin, à travers la foule,
jusqu'aux combattants sur lesquels il fit tomber au hasard ses lourds poignets, comme des marteaux sur l'en-
clume; d'Assoucy, il est vrai, reçut la moitié des coups
destinés au charlatan, qui était un champion indigne de
l'Hercule de la chanson. Fagottini, néanmoins, ne lâchait
pas l'enfant, qu'il présentait en manière de bouclier à son
formidable ennemi : mais ce bouclier vivant, meurtri et
contusionné, recommença ses plaintes pour intéresser les
assistants à sa délivrance, déterminé qu'il était à ne jamais rentrer sous la domination de l'un ou de l'autre
maître, également odieux et redoutés.

— Ayez miséricorde, et le bon Dieu vous le rendra! cria-
t-il, en ne s'interrompant dans ses prières que pour éviter
le choc de ce poing pesant, qui menaçait de lui briser le
crâne chaque fois qu'il retombait. Sauvez-moi de ces deux
ravisseurs, qui sont acharnés contre moi et qui me retien-
nent captif, malgré ma volonté, depuis une année de
gêne, d'injustices et de privations. Je suis Charles Coypeau
d'Assoucy, fils aîné d'un illustre avocat au Parlement de

6

Paris, et peut-être ma famille croit-elle que je suis défunt
à cette heure. Un écu d'or à qui s'en ira avertir messire
Coypeau d'Assoucy, mon père, en la rue des Grands-
Augustins, où il demeure! Compatissez à mon destin
malencontreux, braves gens, si vous êtes des chrétiens,
car vous voyez, sous ces guenilles de comédie, le fils d'un

avocat renommé! En vérité, je
vous le dis, je suis Charles Coypeau d'Assoucy.

— Est ce bien toi, mon bien-
aimé Charlot? s'écria un avocat
en robe, qui, revenant du Palais, vint à passer, tout chargé
de sacs à procès. Certes, messieurs, c'est lui-même, c'est mon
propre fils, que j'avais perdu
depuis l'an dernier! Je vais, sur
l'heure, dresser une procédure
contre ces larrons d'enfant, et le

Le père de Charles d'Assoucy   jugement me vaudra une grosse
dressant une procédure.
somme pour les dommages
qu'ils m'ont faits! Ah! méchants bohémiens, vous teniez
à la chaîne ce gentil garçon de noble race, et vous le
maltraitiez comme un âne rétif? C'est bien, mes com-
pères : nous compterons ensemble, et il n'est pas un
soufflet octroyé à mon cher fils, que je veuille rabattre
sur le prix que je vous en dois réclamer. Viens çà, mon
Charlot, viens baiser ton père, qui te promet justice
contre ces corsaires!

L'avocat, trempant sa plume dans le *galimard* ou

encrier pendu à sa ceinture, s'était mis en devoir de ver-
baliser, sur son genou, en guise de pupitre, et repoussait
doucement son enfant prodigue qui l'assaillait de caresses.
Le Savoyard et Fagottini, effrayés des menaces d'un per-
sonnage en robe, avaient brusquement tourné le dos, pour
se soustraire au procès-verbal ; mais ils n'eurent pas plutôt regagné leurs tréteaux respectifs, que le peuple, indigné
de cette aventure, voulut se venger de ces voleurs d'enfant, envahit leurs théâtres et y mit le feu, après les avoir
cherchés eux-mêmes pour les brûler aussi. Le charlatan
et le chansonnier, qui avaient eu le bonheur de s'enfuir,
n'assoupirent qu'à force d'argent une affaire qui pouvait
les envoyer, comme des forçats, ramer sur les galères du
roi.

L'expérience du malheur n'avait guère corrigé le jeune
d'Assoucy, et sa conduite ne devint pas plus régulière, à
mesure qu'il avançait en âge : il était trop paresseux pour
se plaire à la profession de son père, et il préféra une
existence aventurière à une vie tranquille et honorable.
A l'exemple de son premier maître le Savoyard, il se fit
poète et musicien, composant des airs de musique et
des vers bouffons, parodiant les poèmes latins d'Ovide
et de Stace, qu'il traduisit ou travestit en poèmes fa-
cétieux, jouant du luth dans les maisons des grands
seigneurs et même à la cour de Louis XIII, voyageant
avec son bagage poétique et musical, écrivant son histoire vagabonde, mal famé pour les désordres de ses
mœurs, toujours gai et plaisant, toujours ivre et gueux,
toujours en guerre avec Boileau, qui l'a immortalisé
dans ses satires, comme le rival du poète Scarron et

comme l'*Empereur du Burlesque,* ainsi qu'il s'était sur-
nommé lui-même.

— Pauvre empereur du burlesque ! disait d'Assoucy,
dans sa vieillesse : tu n'as pas même un morceau de pain
à te mettre sous la dent !

UNE FAMILLE DE MUSICIENS

(1770)

FAMILLE DE MUSICIENS

(1770)

I

L'AMOUR DE LA MUSIQUE

La ville de Paris avait voulu célébrer, par une fête populaire, le mariage du dauphin Louis de France avec Marie-Antoinette, archiduchesse d'Autriche. Cette fête devait avoir lieu, sur la Place Louis XV, dans la soirée du 31 mai 1770.

La Place Louis XV n'était pas dans l'état où nous la voyons aujourd'hui. A l'endroit où s'élève maintenant l'obélisque de Luxor, on avait érigé la statue équestre du roi, exécutée en bronze par Bouchardon et accompagnée de plusieurs belles statues allégoriques terminées par Pigalle ; quant à la Place elle-même, dont l'architecte Gabriel avait fourni les plans, elle formait déjà une vaste esplanade entourée de fossés, défendus par des balustrades en pierre et destinés à faire des jardins, en contrebas, avec des pavillons décoratifs aux quatre angles de ces fossés. On ne pouvait pénétrer à l'intérieur de la Place que d'un seul côté, vis-à-vis de la rue Royale, qui était en construction, et qui, tout encombrée de pierres et de charpentes, n'offrait qu'un passage, très resserré et non pavé, pour les voitures et les piétons. Les deux grands bâtiments parallèles, qui allaient devenir le Garde-Meuble de la Couronne, déployaient déjà leur magnifique façade, à droite et à gauche de l'entrée de la rue Royale; mais ils étaient à peine achevés et attendaient encore leurs ornements de sculpture.

L'emplacement avait donc été bien mal choisi pour une fête publique, vers laquelle, de tous les points de la ville, affluerait une foule énorme, car on n'avait rien épargné pour exciter la curiosité des Parisiens. Ruggieri, le fameux artificier italien, était chargé de composer un feu d'artifice, plus grandiose et plus merveilleux que celui qui venait d'être tiré, au château de Versailles, devant le roi et la cour, et qui avait si bien réussi que l'artificier Torré comptait recevoir pour sa récompense le cordon de l'ordre de Saint-Michel. Ruggieri eut recours à l'ingénieux talent de Gabriel, qui voulut bien ajouter à la décoration de la Place, un édifice majestueux, adossé à la statue du roi et précédé d'une élégante colonnade, pour représenter le Temple de l'Hymen ; ce Temple faisait face à la rue Royale, et il était élevé sur une espèce de plate-forme ornée de dauphins et de statues de fleuves, qu'on avait disposés pour jeter des flammes pendant le feu d'artifice.

Le bouquet de ce feu d'artifice, dans lequel on avait groupé des milliers de fusées, de pétards et de chandelles romaines de toutes les couleurs, aurait pu faire l'admiration de deux cent mille spectateurs, mais à peine si la dixième partie de ces spectateurs était appelée à voir les tableaux de feux, les emblèmes et les chiffres enflammés, qui serviraient à l'illumination du Temple de l'Hymen. Le feu d'artifice ne devait être tiré qu'après l'exécution à grand orchestre d'une Cantate en l'honneur des augustes époux, chantée par les artistes de l'Opéra, sur la plate-forme du Temple. On savait d'avance que quelques cen-taines de personnes seulement seraient à portée d'entendre la musique et les paroles de cette Cantate. Il y avait donc à craindre, pour cette fête qui attirerait tant de monde, beaucoup de désordres et d'accidents, et par suite d'une négligence inexplicable, on n'avait pris aucune précaution pour les éviter, quoique le lieutenant de police M. de Sartines fût un des hommes les plus habiles qui eussent jamais rempli les fonctions si sérieuses et si multiples de l'édilité parisienne. On n'avait pas même songé à faire enlever les amas de matériaux qui obstruaient la rue Royale, où derrière une simple cloison en planches était ouverte une tranchée profonde pour les fondations de plusieurs hôtels qu'on bâtissait à la fois. On oublia même que les personnes, qui auraient des billets d'invita-tion pour occuper des places dans les loges du Gouverne-ment et du Conseil de la Ville, ne manqueraient pas de se rendre en carrosse aux bâtiments neufs de la rue Royale, où ces loges avaient été préparées. Enfin, pour comble d'insouciance, on ne concentra pas, sur ce point de rendez-vous général, toutes les forces de la Compagnie du Guet.

La composition de la Cantate avait été confiée à un mu-sicien nouveau, qui n'avait pas encore travaillé pour les théâtres lyriques de Paris et qui était revenu depuis peu d'Italie, où l'amour de son art l'avait appelé pour y continuer ses études musicales. Il se nommait Grenet ; il était fils d'un musicien, qui avait écrit plusieurs partitions pour l'Académie royale de musique et qui mourut jeune, en laissant à ce fils unique une fortune très suffisante pour un artiste. Louis Grenet s'était marié à Rome, et ce mariage d'inclination avec une Romaine qui lui avait donné un fils, l'aurait sans doute empêché de quitter Rome, s'il n'eût pas eu un duel avec un Italien, à l'occasion d'une rivalité artistique. Il rentra donc dans son pays natal, avec sa femme et son enfant âgé de deux ans, sans renoncer à la musique, qui avait été le charme de sa vie. C'était la passion de la musique qui l'avait entraîné à épouser une jeune fille, de basse naissance, sans éducation et sans aucun de ces avantages que la beauté, la distinction, l'intelligence, peuvent offrir en compensation de l'absence de la richesse. Bettina ou Élisabeth Lardi n'avait pas d'autres qualités que sa bonté et sa douceur ; mais ce qui lui avait gagné de prime abord le cœur de Louis Grenet, c'était son admirable voix, c'était son prodigieux talent à s'en servir, de manière à étonner et à enchanter les mélomanes les plus difficiles.

Louis Grenet avait une sorte de culte et d'adoration pour la voix de sa femme, à ce point qu'il en était jaloux et qu'il ne se souciait pas de la faire entendre à personne. C'étaient là l'origine et la cause de sa brouille avec Giuseppe Lardi, frère de Bettina, lequel l'accusait hautement de lui avoir enlevé les ressources légitimes qu'il pouvait trouver dans le talent de sa sœur, dont il avait été le pro-

fesseur et qu'il regardait comme la première cantatrice
d'Italie de là des querelles, des provocations, des insul-
tes, qui avaient fini par un duel inévitable, dans lequel
Louis Grenet avait essuyé le feu de son adversaire, sans
vouloir y répondre. Il était donc parti de Rome, en plaçant
une somme de quarante mille livres, sur la tête du fils
de son beau-frère, qui aurait certainement usé de violence

Louis Grenet avait essuyé le feu de son adversaire.

pour le retenir avec sa femme et son enfant, si Giuseppe
Lardi avait pu prévoir ce départ, qu'on avait tenu secret,
comme pour une évasion.

Arrivé à Paris depuis moins de trois mois, Louis
Grenet s'était caché dans un faubourg, avec la préoccupation permanente d'être découvert par le frère de sa
femme, qu'il regardait comme son plus implacable ennemi et dont le séjour en Italie lui paraissait problémati-

que, car Giuseppe Lardi l'avait menacé de le poursuivre partout et de l'assassiner, pour reprendre possession du talent de sa sœur, qu'il considé ait comme son bien propre. Bettina, connaissant le caractère et les intentions de son frère, n'était pas rassurée et approuvait l'espèce de claustration à laquelle son mari se voyait forcé de la condamner. Elle n'avait donc pas d'autre ambition que de vivre solitairement dans son ménage et d'élever en paix son enfant, qu'elle nourrissait encore elle-même, suivant l'habitude des mères italiennes, quoique cet enfant, qui était beau et fort, eût atteint sa troisième année.

La fatalité voulut que Louis Grenet se rencontrât avec l'artificier Ruggieri, qui l'avait connu à Rome, où il était en relation de connaissance avec Bettina et son frère. Ruggieri apprit à Grenet qu'il avait des recommandations puissantes auprès de l'Archiduchesse, qui allait être Dauphine de France et par conséquent héritière naturelle de la Couronne royale ; il ne doutait pas que sa fortune ne fût faite, et déjà il avait été chargé, pour les fêtes du mariage du Dauphin avec Marie-Antoinette, d'un feu d'artifice qui lui vaudrait un bénéfice net de trente à quarante mille livres. C'est alors qu'il offrit à Grenet de le mettre en rapport avec le premier gentilhomme de la chambre du roi et de le faire désigner pour la composition de la Cantate, qui serait exécutée, sur la Place Louis XV, à la fête du 31 mai. Il est probable que Ruggieri, dont l'air de la cour avait déjà fait un courtisan, conservait des vues intéressées sur l'incomparable voix de Bettina, qu'il avait peut-être signalée au premier gentilhomme de la chambre. Quoi qu'il en soit, Louis Grenet s'était laissé prendre à sa passion pour la musique : il avait composé la Cantate, et sa composition avait été accueillie comme un chef-d'œuvre par le conseil des gentilshommes de la chambre, qui avaient la haute direction de l'Académie royale de musique. Grenet s'était repenti plus d'une fois, il est vrai, d'avoir cédé aux instances de Ruggieri, quand il avait dû suivre en personne les répétitions de sa Cantate au Magasin de l'Opéra et s'absenter ainsi des journées entières, pendant lesquelles il était inquiet et chagrin de laisser sa femme seule avec son fils.

Ce fut bien pis, quand Bettina le supplia de lui permettre d'assister à l'audition de la Cantate : il refusa d'abord et il inventa mille prétextes pour ne point amener sa femme aux répétitions de cette Cantate, qu'elle savait par cœur et dont elle chantait les airs avec un art admirable. C'était une lutte de tous les jours, et Grenet regretta de se montrer absolument inflexible, en ne cédant pas plus aux larmes qu'aux prières. Il avait résisté également aux instances de Ruggieri, qui fit de vains efforts pour obtenir que Bettina prît part à l'exécution de la Cantate, pour la fête du 31 mai. Enfin, après des refus réitérés, Louis Grenet promit à sa femme de la conduire à la Place Louis XV, le jour où la Cantate serait exécutée.

— C'est bien à contre-cœur que je te fais cette promesse, lui dit-il tristement : j'aurais préféré m'abstenir moi-même d'aller à cette maudite fête, dont je n'augure rien de bon. Il y aura une foule épouvantable. On n'entendra rien de ma musique, et je suis, d'ailleurs, très mécontent des musiciens qui vont l'exécuter.

— Pourquoi ne m'avoir pas permis de chanter au moins le grand air ? reprit Bettina, en soupirant. On ne saurait pas même qui je suis, et je vous avoue que j'aurais été bien heureuse de me faire entendre à Paris.

— Voilà les funestes idées de ton méchant frère ! repartit Grenet avec amertume ; si je t'avais écoutée, tu serais à présent engagée au théâtre de la Scala ou bien à celui de Saint-Charles ! Penses-tu donc que je t'ai épousée pour te faire figurer sur les planches de l'Opéra, entre Sophie Arnould pour le chant et Mademoiselle Asselin pour la danse?

— J'ai renoncé de grand cœur au théâtre, pour devenir votre femme, mon cher ami, répondit Bettina, mais ce n'est pas faire le métier d'actrice, que de chanter une fois en l'honneur de son Altesse royale Madame la Dauphine.

— N'en parlons plus. Tu viendras avec moi, demain, à la Place Louis XV ; je trouverai, dans le Temple de l'Hymen, un coin caché, où personne ne te verra et où tu entendras ma Cantate. Puis, nous nous échapperons, avant le commencement du feu d'artifice. Mais nous n'y avons pas songé : qui gardera l'enfant, en notre absence ?

— Il viendra aussi avec nous, ce cher petit ? Oh ! je ne quitte pas mon enfant, et d'ailleurs, il ne serait pas possible de le priver longtemps de son lait. Rien n'est plus aisé que de l'emmener, puisque nous allons en voiture et que nous reviendrons de même. Il sera très content d'écouter de la belle musique.

Grenet aimait sa femme, et il ne voulut pas la contrarier sur un détail qui n'avait plus d'importance, puisqu'il consentait à la conduire à la fête de la Place Louis XV.

Le lendemain, dès la pointe du jour, Bettina s'occupa de sa toilette et de celle de son enfant ; elle ne s'était pas encore habillée à la mode de Paris, puisqu'elle ne sortait jamais dans les rues et qu'elle n'avait pas encore paru une seule fois dans le monde. Elle choisit donc le plus beau et le plus riche costume qu'elle eût apporté de Rome. Quant à son nourrisson, elle l'enveloppa dans des langes à franges d'or et elle lui encadra la tête d'une auréole de dentelle ; ensuite, elle le para, suivant l'usage de son pays, avec des colliers et des chaînes d'argent surchargées de médailles bénites et d'ex-voto d'orfèvrerie. L'enfant, accoutré de la sorte, ressemblait à un petit Jésus, à ce divin *bambino*, que les Madones italiennes portent entre leurs bras, dans les chapelles consacrées au culte de la Sainte-Vierge. Bettina ressemblait aussi à quelqu'une de ces Madones vêtues de riches étoffes et resplendissantes de pierreries et de joyaux.

La veille, Louis Grenet, en revenant de la dernière répétition de sa Cantate, avait donné à Bettina une médaille d'argent, frappée en mémoire du mariage de l'Archiduchesse d'Autriche avec le Dauphin, et représentant la tête de Marie-Antoinette. Cette médaille était un présent de la Dauphine elle-même, qui l'avait fait remettre à l'auteur de la musique qu'on devait exécuter à la Place Louis XV. Bettina, par un sentiment de gratitude à l'égard de la Dauphine, suspendit la médaille à un large ruban bleu et l'attacha au cou de son enfant.

— Regardez comme notre *bambino* est adorable ? dit-elle à son mari, qui admirait la charmante figure de cet enfant. Je fais des vœux pour que la sainte Madone envoie à notre bonne Dauphine un aussi bel enfant.

Il était trois heures, lorsqu'un messager vint apporter à Grenet une lettre que lui adressait en toute hâte le directeur-administrateur de l'Académie royale de musique, pour lui faire savoir que Mlle Sophie Arnould était indisposée et incapable de remplir son rôle dans la Cantate où elle avait à chanter plusieurs grands airs ; il fallait donc renoncer à la remplacer par une autre chanteuse, et se contenter de l'exécution musicale qui était confiée à l'orchestre de l'Opéra.

Louis Grenet sentit alors à quel point il était artiste dans l'âme ; il comprit que les compositeurs ordinaires de l'Opéra avaient tramé un complot pour l'empêcher de faire entendre sa musique. Ses yeux s'étaient remplis de larmes, et il suffoquait de sanglots ; mais tout à coup sa résolution fut prise et arrêtée : il écrivit au chef de l'Académie royale de musique : « Rien n'est changé dans l'exécution de la Cantate, si ce n'est que Mlle Sophie Arnould est remplacée par une cantatrice, qui ne la fera pas regretter. Cette cantatrice sera donc à son poste, à l'heure indiquée, et moi-même je serai là pour faire exécuter ma musique, comme si Madame la Dauphine était présente. Je réponds du succès ! » Le messager retourna donc à l'Opéra, avec un avis pressant de tenir prêt le costume que Mlle Sophie Arnould avait fait faire pour la Cantate.

— Bettina, dit Grenet à sa femme, le hasard s'est chargé de donner satisfaction à ton plus ardent désir. Mlle Sophie Arnould est malade, et c'est toi qui chantes ce soir, à sa place.

— Volontiers, puisque je sais le rôle, répondit simplement la jeune femme, que la surprise et la joie avaient fait
successivement pâlir et rougir. Il ne manquera que le
costume...

— Il est à l'Opéra, reprit le musicien avec un soupir de
profonde émotion, Nous irons le prendre, dans deux
heures. Ces deux heures-là, nous allons les employer
à répéter les trois morceaux que tu auras à chanter.

Louis Grenet suffoquait de sanglots.

— Oh ! je ne suis pas en peine de les chanter comme il
faut, dit-elle gaiement. Mais, ajouta-t-elle toute troublée,
qui gardera l'enfant, pendant que je chanterai, à la Place
Louis XV ?

— C'est moi, ma pauvre amie, et je m'acquitterai bien
de mon emploi, pourvu que ce démon de Beppo, qui tète
encore à l'âge de trois ans, ne s'avise pas de mêler sa
musique à la mienne !

7

Grenet accompagna au clavecin les airs que Bettina répétait avec autant d'exactitude et d'assurance, que si elle les avait étudiés, avec accompagnement d'orchestre, dans plusieurs répétitions de théâtre. L'auteur de la musique qu'elle chantait put se convaincre que l'exécution ne serait pas inférieure à celle qu'on pouvait attendre de la fameuse Sophie Arnould. Il s'agissait maintenant d'aller chercher, à l'Opéra, le costume qui devait transformer en déesse mythologique la femme du musicien, la mère du petit Beppo, à qui elle donna le sein, afin de le préparer au sommeil. La voiture, envoyée pour transporter Louis Grenet à la Place Louis XV, était devant la porte : il y monta donc, sur l'heure, avec la mère et l'enfant ; il se fit conduire d'abord à l'Opéra et ne cessa plus de tenir dans ses bras l'enfant que la mère lui avait abandonné. Celle-ci n'était désormais que cantatrice : elle revêtit sur-le-champ le costume magnifique et bizarre qui faisait d'elle la déesse Astrée et qui brillait de tout l'éclat du luxe théâtral. Le petit Beppo regardait d'un œil effaré cette métamorphose subite et ne reconnaissait plus sa mère.

Mᵐᵉ Grenet, avec sa cuirasse et son casque d'or, ne manquait pas d'une certaine majesté, et le mari, qui n'avait jamais été séduit par la figure et les avantages extérieurs de sa femme, se disait tout bas qu'elle pouvait soutenir la comparaison avec Sophie Arnould, qui restait bien au-dessous d'elle sous le rapport de la voix et du talent musical. Il prenait donc confiance dans le résultat de l'expérience qu'il allait tenter, et il se sentait déjà impatient d'applaudir au succès éclatant de l'interprète de sa musique. Il avait néanmoins rempli si consciencieusement ses devoirs de père nourricier, que l'enfant, bercé doucement dans ses bras, n'avait pas tardé à s'endormir, peu de temps après avoir quitté le sein, que la déesse Astrée eût été fort en peine de lui présenter de nouveau, dans le rôle qu'elle avait à remplir en public.

II

LA PLACE LOUIS XV

La voiture qui amenait la déesse Astrée et l'auteur de la Cantate, parvint, sans trop de difficultés, au Temple de l'Hymen, car la foule commençait seulement à se répandre de tous les côtés de la Place, en cherchant les endroits où l'on pourrait le mieux voir le feu d'artifice. On était moins préoccupé de la Cantate, parce que les sons des instruments et les voix des chanteurs seraient couverts et infailliblement étouffés à distance par le bruissement confus de tant de milliers de spectateurs. Le Temple de l'Hymen et la Colonnade du Garde-Meuble étaient splendidement éclairés par des lanternes et des verres de couleurs. La Cantate avait été annoncée pour huit heures, et les affiches n'avaient pas supprimé le nom de Sophie Arnould parmi les noms des artistes exécutants. La plupart des assistants, qui avaient pu s'approcher de l'orchestre, se promettaient donc le plaisir d'entendre Sophie Arnould, la plus célèbre des chanteuses de l'Opéra.

Les cent musiciens chargés de l'exécution de la musique instrumentale étaient rangés au pied de l'escalier du Temple; ils accordaient leurs instruments et attendaient le signal du chef d'orchestre; aussitôt après l'ouverture, la déesse Astrée devait paraître, sur la plate-forme du Temple, avec les nymphes et les bergers qui composaient les chœurs. Bettina avait été jusque-là pleine de courage et de confiance; mais tout à coup, comme elle se penchait en avant, derrière le piédestal d'une statue, qui la cachait à tous les yeux, elle aperçut, en pleine lumière, sous le reflet des lampions, un homme portant sur ses épaules un enfant de quatre à cinq ans et dominant la foule qui

La déesse Astrée prête à paraître dans le Temple de l'Hymen.

l'environnait, car il était monté sur un des pavillons construits à l'angle des fossés de la Place, et il semblait avoir choisi ce poste élevé, pour voir et pour entendre mieux que personne la représentation de la Cantate. Cet homme, Bettina le reconnut à l'instant, quoiqu'il fût à deux cents pas d'elle : c'était son frère Giuseppe Lardi.

La surprise et la terreur que lui causa cette apparition faillirent lui faire perdre connaissance; elle se retira ue

arrière et se cacha, toute tremblante, dans le recoin le
plus éloigné des regards, où elle appuya sa tête sur sa
main, comme pour se recueillir ; elle appelait à elle toutes
ses forces morales, en cherchant à triompher de son émotion ; mais elle avait peine à se soutenir, et elle sentait le
plancher vaciller sous ses pieds. Elle reprit un peu d'énergie et d'espoir, en se disant tout bas que son frère ne l'avait
pas vue et qu'il n'était pas venu pour la chercher dans
cette fête, où il ne la reconnaîtrait pas, d'ailleurs, sous
son costume d'Astrée, au milieu d'une pareille foule.

— Voici que nous allons commencer ! lui dit Grenet,
qui voulut lui confier leur enfant, pendant qu'il donnerait
ses dernières instructions aux musiciens. Tu trembles,
tu es émue, ma pauvre amie ? Rassure-toi, je t'en conjure,
et tout réussira selon nos vœux. Je serai là, d'ailleurs,
pour te guider dans ton chant et pour marquer la mesure,
au besoin...

— Ce n'est rien ! disait Bettina en s'efforçant de dissimuler son émotion. Je vais me remettre !... Je me trouve
déjà mieux.... Mon ami, ne vous écartez pas ; j'ai besoin
de vous savoir là, près de moi, avec notre fils !...

— Commencez, quand vous voudrez, cria le compositeur
au chef d'orchestre, je n'ai plus rien à vous dire. Faites
pour le mieux, et surtout évitez de trop couvrir la voix
de la cantatrice avec vos instruments.

Le signal était donné ; il se fit un moment de silence
dans la foule, et tous les yeux se tournèrent vers le
théâtre de la Cantate. Le chef d'orchestre avait levé son
bâton d'exécution, et les instruments attaquèrent l'ouverture avec un magnifique entrain. Mais, aussitôt, de vigou-

reux coups de sifflet retentirent à peu de distance et se
renouvelèrent de minute en minute, malgré les protestations des auditeurs, qui voulaient imposer silence au
siffleur et qui ne faisaient qu'augmenter le tumulte. On
ne savait pas d'où partaient ces coups de sifflet, et l'on se
demandait s'ils avaient pour objet de critiquer la musique,
avant même qu'on l'eût entendue, ou bien s'ils s'adres-
saient insolemment au principe même de la fête, qui avait
pour but de rendre hommage au Dauphin et à la Dauphine.

— C'est une cabale d'Opéra! dit Grenet indigné et pâle
de colère. C'est peut-être aussi une vengeance de Sophie
Arnould. Ah! si je n'étais forcé de tenir et de garder l'enfant, comme je me mettrais en chasse après les siffleurs!

— Il n'y en a qu'un seul qui fait tout ce bruit! reprit à
voix basse Bettina, qui eut la prudence de n'en pas dire
davantage. Il se lassera, sans doute, de commettre cette
mauvaise action, ajouta-t-elle, et je ne souhaite pas, pour
lui, qu'on le prenne en flagrant délit, car il pourrait avoir
lieu de s'en repentir.

La prudence avait conseillé probablement au siffleur
de ne pas s'exposer à être puni de sa méchanceté, car les
coups de sifflet ne se faisaient plus entendre que de loin
en loin, quoiqu'on n'eût pas découvert l'auteur ou les
auteurs d'un acte aussi grossier que malveillant. Des
applaudissements unanimes éclatèrent de toutes parts, à
la fin de l'ouverture, qui n'avait trouvé que des auditeurs bénévoles et sympathiques.

Les nymphes et les bergers sortent à la fois de tous
côtés dans le Temple de l'Hymen et viennent se ranger
sur la plate-forme, en chantant un chœur qui annonce la

venue de la déesse Astrée, laquelle était censée descendre du ciel. Bettina avait eu le temps de s'aguerrir au bruit des sifflets, et elle aurait été heureuse de les entendre encore, à son entrée en scène, pour se persuader que le siffleur ne la reconnaissait pas. Elle chanta donc son premier air avec une ampleur et une puissance admirables. Ce ne furent pas des sifflets honteux, mais des bravos répétés qui accueillirent son chant et qui lui donnèrent confiance dans l'emploi de tous ses moyens. On n'avait jamais entendu, à Paris, dans un théâtre, une voix aussi fraîche et aussi sonore, aussi large et aussi bien conduite. Les connaisseurs qui se trouvaient là n'hésitèrent pas à déclarer que ce n'était pas Sophie Arnould qui pouvait chanter ainsi.

Il n'était plus question de siffleur, mais, entre les bruyants applaudissements qui se prolongeaient sans interruption, sur tous les points de la Place Louis XV, on distinguait, par intervalles, une voix retentissante qui s'élevait au-dessus de tous les bravos et qui répétait sur tous les tons de la gamme musicale : *Bravo, Bettina, bravo.* La cantatrice ne pouvait se faire illusion sur l'origine de cette acclamation, qui ne s'adressait qu'à elle, car elle apercevait très distinctement Giuseppe Lardi, qui, debout sur le petit dôme du pavillon où il s'était juché avec son enfant, se faisait remarquer de tous ses voisins par l'exubérance de son enthousiasme et par l'expression fanatique de son admiration. Bettina eut les larmes aux yeux, en voyant l'ovation que lui faisait son frère et à laquelle s'associait l'enfant grimpé sur les épaules de son père et ne se lassant pas d'applaudir avec ses petites mains.

L'enfant de Louis Grenet s'était réveillé, a u milieu de ce vacarme effroyable, et le père avait fort à faire pour l'empêcher de pousser des cris désespérés. Il entendait bien les applaudissements, et son cœur se gonflait de joie, mais il était trop préoccupé de la tâche difficile qu'il s'était attribuée, en prenant sous sa garde un enfant qui avait

L'enfant perché sur les épaules de son père et ne se lassant pas d'applaudir avec ses petites mains.

besoin de celle de sa mère. Il ne songeait pas à démêler ce qu'il y avait d'insolite dans ces bravos à l'italienne, dans lesquels se trouvait mêlé le nom de Bettina; il vint à penser que l'absence de Sophie Arnould ayant été signalée et constatée, on avait appris le nom de la cantatrice, qui la remplaçait avec tant de succès.

— Beppo ! mon petit Beppo ! disait-il, en berçant dans ses bras l'enfant qui pleurait et se lamentait. Écoute la belle musique ! Écoute la belle voix de ta mère ? Entends-tu comme on l'applaudit ? Oh ! comme elle chante bien ! Il n'y a pas au monde, même en Italie, une chanteuse qui l'égale. Beppo, calme-toi ! Sois donc plus sage !... O mon Dieu ! quel malheur si elle l'entendait crier ! Il n'en faut pas davantage pour lui ôter ses moyens ! Bravo, Bettina, bravo ! bravo ! Beppo, bravo !

Par bonheur, la déesse Astrée avait pu chanter ses deux derniers airs, sans avoir soupçonné que son petit Beppo la réclamait à grands cris et que le pauvre père, décon-certé par ces cris qui se perdaient dans le mélange confus des voix, des instruments et des bravos, ne savait plus comment apaiser et faire taire son enfant. Sa femme ve-nait d'obtenir un véritable triomphe et il n'avait pas eu le plaisir d'en être témoin et d'en jouir. Elle accourut, toute joyeuse, tout émue, dès qu'elle eut achevé son rôle, et elle ne répondit pas aux mille voix, qui la rappelaient, pour l'applaudir encore. Elle avait repris son enfant, dont les cris douloureux lui déchiraient l'âme, et pour le calmer, après lui avoir adressé de doux reproches mater-nels, elle s'était mise en devoir de lui donner le sein, sans avoir égard à son costume de déesse, qui n'avait pas été fait pour remplir ces tendres fonctions de mère.

— Comme tu as chanté, ma chère Bettina ! lui disait son mari, qui s'était presque agenouillé devant elle. J'en pleurais d'émotion ! C'est toi qui as fait ma musique si belle ! Ce pauvre cher enfant m'a ôté la moitié de mon plaisir, et je me reprochais d'être tout à lui, quand je devais être tout à toi !

— Louis, vous ne pouvez pas rester ici ! interrompit la jeune femme, qui promenait ses yeux autour d'elle avec inquiétude. Il faut partir, il faut retourner chez nous, en toute hâte !... Où trouver la voiture qui nous a amenés ?

— Ce sera très difficile, sinon impossible? dit Louis Grenet, que l'inquiétude de sa femme avait gagné, sans qu'il en connût le véritable motif. La voiture doit nous attendre sur le boulevard, devant l'église de la Madeleine, mais comment arriver là ?... Et l'on va tirer le feu d'artifice! s'écria-t-il, au bruit de la première bombe. Nous n'avons pas le temps d'attendre que l'enfant ait fini de téter... Dépêchons-nous ; je marcherai en avant et je t'ouvrirai un passage dans la foule ; tu me suivras, en portant l'enfant, derrière moi....

— Mais tu n'y penses pas ? dit-elle toute troublée et presque effrayée. Est-il possible que je m'engage dans la foule, avec ce costume ? Nous n'avions pas prévu cet embarras, et j'ai laissé mes habits de ville dans la voiture.

— Nous ne pouvons pourtant pas demeurer ici une minute de plus! dit Grenet, entraînant Bettina et cherchant une issue facile pour quitter le Temple de l'Hymen, sans être remarqués. Nous sommes entourés d'artifices auxquels on doit mettre le feu, et si nous attendions quelques instants de plus, nous pourrions bien nous trouver empêchés de sortir de ce maudit Temple de l'Hymen. Je m'estime heureux d'avoir gardé, pour l'enfant, ce petit manteau de taf-

fetas, qui cachera en partie le costume de la déesse Astrée,
et voici un mouchoir qui couvrira le casque d'or que tu as
sur la tête.

— Ah ! que je voudrais être chez moi ! murmura-t-elle
avec anxiété. Il est bien heureux, du moins, que Beppo soit
tranquille et presque endormi ! Cher enfant ! dit-elle, en
se penchant pour poser un baiser sur son front : une autrefois, nous serons moins imprudents et plus prévoyants.
Voici la première et la dernière fête publique, à laquelle
tu assisteras, Beppo, avant d'être en âge de marcher seul
à côté de nous.

Le feu d'artifice était dans toute sa splendeur, et le Temple
de l'Hymen ne formait plus qu'une espèce de volcan, qui
vomissait des flammes et qui lançait des bombes avec
fracas. Mais une fusée mal dirigée était allée tomber derrière la statue de Louis XV, dans une enceinte réservée
pour le bouquet qui devait terminer la fête, et ce bouquet
ayant pris feu, les innombrables pièces d'artifice dont il
était composé s'allumaient, éclataient et s'élançaient de
tous côtés avec d'effrayantes détonations. Ce fut un sujet
de plaisir et d'admiration pour la multitude, qui ne soupçonnait pas que ce superbe et terrible spectacle fût le résultat d'un accident, lequel se compliqua bientôt d'un in-
cendie, car les hangars, qui avaient été construits pour la
préparation du bouquet du feu d'artifice, devinrent la proie
des flammes, qui projetaient une immense lueur rou-
geâtre sur toute la Place Louis XV, sur les Tuileries et
les Champs-Élysées.

Louis Grenet et sa femme avaient entrepris une chose
à peu près impossible, en se proposant de gagner, à tra-

vers la foule, le boulevard de la Madeleine, où ils espé-
raient retrouver leur voiture. Ils n'étaient pas sortis, sans
peine et sans danger, du centre même du feu d'artifice,
qui les avait poursuivis, quelque temps, de ses fusées et
de ses pétards. La foule compacte était encore presque
immobile et stationnaire, tout attentive à voir ce feu d'artifice, dont elle suivait avec intérêt les surprises lumi-
neuses et les épisodes inattendus. Grenet se glissait lentement entre les rangs pressés de spectateurs, qui lui
ouvraient un passage, presque à leur insu, en faisant
droit machinalement à la prière qu'il leur adressait au
nom de sa femme et de son enfant malade.

Sur toute l'étendue de la Place Louis XV, il n'y avait
peut-être que lui qui fût en mouvement pour se rapprocher de la rue Royale, en tournant le dos au feu d'artifice,
et on s'explique ainsi comment il parvint à s'avancer pas
à pas vers le but qu'il avait hâte d'atteindre, avant que
cette masse de curieux se fût ébranlée dans tous
les sens pour opérer sa retraite vers le centre de la
ville.

— Courage ! disait-il à voix basse, en se retournant vers
sa femme qui le suivait en silence et qui n'était occupée
qu'à préserver son enfant de toute pression fâcheuse.
Nous sommes sauvés si nous parvenons à sortir de la
foule, pendant le feu d'artifice qui n'est pas encore près de
finir... Ne te sépare pas de moi, pour l'amour de Dieu, car
il ne serait plus possible de nous rejoindre... Pardon ! messieurs ! pardon, mesdames ! disait-il à chaque instant,
pour obtenir qu'on lui fît place et qu'on le laissât passer.
C'est une malheureuse mère, dont l'enfant est malade...

De grâce, messieurs ! de grâce, mesdames ! par pitié pour la mère, par pitié pour l'enfant !

Il était arrivé à l'extrémité du fossé monumental, qui encadrait la Place, du côté des Champs-Élysées, et il se trouvait presque à l'entrée de la rue Royale, qu'il avait encore à traverser jusqu'au boulevard. Mais, à cet endroit, la foule était plus serrée, et formait une barrière impénétrable. Les efforts de Louis Grenet devenaient tout à fait inutiles pour la percer, et ses prières les plus touchantes restèrent sans effet : il n'avançait plus d'un pas et il sentait, au frémissement de la multitude autour de lui, que tout le monde était préoccupé à la fois des difficultés du départ, qui s'accentuait à la fois sur différents points et qui restait soumis à des embarras presque inextricables.

La pression des foules mouvantes était de plus en plus terrible, et des cris d'effroi s'élevaient çà et là entre des plaintes étouffées. Grenet, qui n'avait pas réussi à faire une trouée dans cette muraille vivante, tourna la tête pour encourager sa femme et aussi pour la rassurer, mais il ne la trouva plus : elle n'était plus là, et sans doute des flots de peuple les avaient déjà séparés l'un de l'autre, car il l'appela en vain avec désespoir, sans obtenir de réponse, sans entendre, sans reconnaître sa voix au milieu des voix qui échangeaient confusément leurs appels désolés.

— Bettina ! Beppo ! criait-il avec des accents tour à tour plaintifs et furieux. Beppo ! Bettina ! où êtes-vous ?... Que sont-ils devenus ? Comment les retrouver dans cette foule affreuse ? O mon Dieu ! mon Dieu ! où sont-ils ?... Bettina ! Bettina !

Louis Grenet ne pouvait plus résister au mouvement de la foule, qui l'emportait vers la rue Royale, où elle s'écoulait comme un torrent impétueux, entraînant tout, renversant tout, écrasant tout. Il avait été soulevé à deux pieds de terre et il ne savait plus de quel côté il était poussé par les milliers de gens affolés qui l'enveloppaient. Il continuait, par moment, à répéter les noms de Bettina et de Beppo, qui se perdaient dans une immense et épouvantable clameur, composée de cris d'effroi, de douleur, de rage et de désespoir. Le sol était jonché de morts et de blessés, qui expiraient sous les pieds d'une multitude en délire. Louis Grenet eut l'horrible pensée que c'étaient peut-être sa femme et son enfant dont il entendait les derniers gémissements. Une sombre fureur s'empara de lui et il essaya de tirer son épée pour se faire jour dans le plus épais de la foule et pour sauver les êtres chéris qui l'appelaient à leur secours.

Un craquement sinistre se produit soudain à plusieurs reprises ; il est suivi d'un ébranlement sourd, accompagné de cris perçants et bientôt étouffés ; la foule, qui était drue et compacte, devient ondoyante et semble se diviser par groupes qui se détachent les uns des autres... La clôture en planches qui cachait la tranchée ouverte pour les constructions de la rue Royale, s'est effondrée sous le poids de cette foule qui la battait en brèche, et des centaines de victimes sont tombées dans cette fosse où la plupart ont trouvé la mort. Louis Grenet était une de ces victimes, mais il vivait encore, quoique privé de sentiment et à demi enterré avec des cadavres.

III

La malheureuse femme, par suite d'une circonstance qui ne devait pas être moins triste pour elle, était restée bien loin de là, sur la lisière des Champs-Élysées, où le courant de la foule l'avait entraînée ; elle ne courait pas, du moins, le danger d'être étouffée avec son enfant. C'était son frère Giuseppe Lardi, qui les avait sauvés, en cherchant à s'emparer d'eux.

Giuseppe Lardi, par bonheur, n'avait pas attendu la fin de la Cantate, pour se rapprocher de sa sœur, avec laquelle il voulait avoir à tout prix une explication décisive. Il était venu à Paris, exprès pour l'y retrouver et pour la ramener de gré ou de force en Italie ; ce n'était pas le hasard seul qui l'avait conduit à la Place Louis XV, car il avait appris, dans son monde de musiciens, que Louis Grenet était l'auteur de la musique d'une Cantate en l'honneur du mariage de l'Archiduchesse d'Autriche avec le Dauphin, mais il était loin de soupçonner que sa sœur dût remplacer Sophie Arnould dans l'exécution de cette cantate. Il ne savait donc pas qu'il aurait à applaudir sa sœur, là où il viendrait siffler la musique de Louis Grenet.

Il avait donc réussi à s'avancer le plus près possible du Temple de l'Hymen, mais il attendit longtemps pour en voir sortir Bettina qui portait l'enfant derrière son mari. Il les suivit pas à pas, en évitant de se laisser apercevoir, et il était parvenu à se placer tout près d'eux, en ayant soin de se couvrir avec son fils qu'il plaçait devant lui pour n'être pas reconnu. Vint un moment où Louis Grenet se trouva séparé de sa femme et de son fils, par suite d'un déplacement imprévu de la foule, et Giuseppe Lardi en profita pour saisir par le bras et pour attirer à lui Bettina, qui, muette de terreur, n'osa pas protester à haute voix contre cette violence. Giuseppe la retint ainsi d'une main ferme, en fixant sur elle un regard affectueux et triste plutôt qu'irrité et menaçant. Cinq minutes s'écoulèrent, pendant cet échange silencieux de regards expressifs et de sentiments plus sympathiques qu'hostiles.

— Giuseppe! lui dit Bettina, en baissant la voix : je te supplie de ne pas m'empêcher de rejoindre mon mari, qui doit être déjà bien en peine de moi et de son enfant?

— Il sera temps de le rejoindre dans une heure, si nous arrivons à convenir de nos faits, dit l'Italien avec un ton brusque et décidé. Mais nous avons à conférer ensemble, et nous devons nous mettre à l'abri de cette foule qui nous pousse et nous emporte. Je te prie de me suivre de bonne volonté jusqu'à ce que nous soyons en lieu où nous puissions parler à notre aise.

— C'est mal à toi, Giuseppe, reprit-elle amèrement, de m'enlever ainsi à mon mari, qui est sans doute bien inquiet de mon absence et qui peut craindre qu'un malheur

8

ne me soit arrivé ainsi qu'à son fils. Laisse-moi, je t'en prie, rentrer au logis avec mon pauvre enfant, qui doit être bien fatigué !....

— Et qui te fatigue cruellement à le porter ainsi dans tes bras parmi cette populace ? Le mien est assez grand, du moins, pour se tenir tout seul sur mes épaules. Mon fils Marco était si heureux de t'entendre chanter et de t'applaudir ! Vois, comme il te regarde avec des yeux attendris ! Comme il t'admire !

— O mon Dieu ! sera-t-il possible de retrouver mon mari ? C'est lui qui m'appelle par mon nom ! J'ai reconnu sa voix !....

— Qu'importe ? Il a beau t'appeler, il aura beau t'attendre ou te chercher, il ne te reverra jamais !

— Que veux-tu dire, Giuseppe ? As-tu perdu la raison ? Cesse de me faire violence ; sinon, je me mettrai sous la protection de ces braves gens qui ne refuseront pas de me venir en aide !

— Écoute, Bettina ! lui dit d'une voix concentrée Giuseppe, qui lui serrait le bras avec force pour l'empêcher de s'éloigner : tu vas me suivre, sans une plainte, sans dire un mot, sans faire même de résistance.....

— Quel est donc ton projet, malheureux ? Crois-tu que je céderai à tes exigences, à ta tyrannie, à tes folles idées ?

— Ce n'est pas le lieu de nous expliquer, Bettina, interrompit-il brutalement. D'abord il est ridicule que tu portes cet enfant, dont le poids t'accable et qui n'est pas en sûreté entre tes bras.

En parlant ainsi, il avait pris l'enfant de Bettina, malgré les efforts qu'elle fit pour le garder ; et l'enfant, qui s'éveillait dans la lutte, se mit à jeter des cris perçants, comme s'il eût voulu protester contre l'enlèvement dont il était l'objet. La mère essaya vainement de reprendre possession de son enfant, que Giuseppe Lardi était bien déterminé à ne pas lui restituer. Le fils de l'Italien semblait avoir compris la mauvaise intention de son père, car il se penchait en larmes vers l'enfant qui criait, en disant à Giuseppe, qui le repoussa d'un coup de tête : « Père ! père ! ne lui fais pas de mal ! » Dans toute autre circonstance, les personnes qui étaient témoins de cette scène étrange et pénible, y auraient apporté plus d'intérêt, en prenant fait et cause pour la malheureuse mère ; mais, quoique la foule fût moins dense et moins effarée, à l'endroit où Giuseppe Lardi était en altercation avec sa sœur, chacun avait hâte de se retirer de la bagarre le plus vite possible et d'échapper de la sorte à tous les accidents de cette fatale soirée. Les cris lamentables qu'on entendait s'élever sur différents points, et surtout du côté de la rue Royale, annonçaient des malheurs qu'on ne pouvait apprécier à distance ; mais le bruit se répandait, de proche en proche, que plusieurs centaines d'individus avaient été écrasés, étouffés ou blessés, devant les bâtiments du Garde-Meuble de la Couronne.

Giuseppe Lardi, plus obstiné que jamais dans son dessein de retourner en Italie avec sa sœur, se rendait compte de la puissance que lui donnait sur Bettina l'enfant qu'il lui avait enlevé : il résolut de mettre à l'épreuve cette puissance et de s'en servir sur-le-champ pour forcer la mère à s'attacher à la poursuite de son fils qu'il refusait de lui rendre. Il jugea inutile de la retenir par le bras, puisqu'elle ne songeait plus à s'enfuir sans son enfant ; quant au sien, il l'avait fait descendre de dessus son dos, en lui ordonnant de marcher derrière lui et cet enfant, sans faire une observation contradictoire, était allé instinctivement prendre la main de Bettina qui ne l'avait pas repoussé. Mais Giuseppe mettait déjà son plan à exécution : il emportait l'enfant, qui criait toujours, dans la direction des Champs-Élysées, et il n'avait pas l'air d'entendre les supplications et les menaces de sa sœur, qui s'épuisait à le suivre, sans pouvoir l'atteindre et l'arrêter.

L'enfant, qu'elle tenait machinalement par la main, marchait du même pas avec elle et compatissait à sa douloureuse situation, en pleurant à chaudes larmes.

— Me rendras-tu mon enfant ? criait la pauvre mère, qui serrait de près le ravisseur. Au nom du ciel ! rends-le-moi !

— Rassurez-vous, ma tante, lui disait à demi-voix le fils de Giuseppe, il ne lui fera pas de mal !

— Giuseppe, je vais crier au voleur ! à l'assassin ! dit Bettina, en proie à la plus terrible exaltation. Voici les archers de la Ville qui viennent par ici ! Ils vont se saisir de toi comme d'un malfaiteur, et tu seras conduit en p ison.

— En prison ! s'écria l'Italien, qui s'arrêta tout court ; nous verrons bien ! Si tu dénonces ton frère, malheur à toi ! Malheur à ton enfant, si ces gens de police osent mettre la main sur moi !

Giuseppe avait tiré un poignard et paraissait disposé

à en faire usage pour sa défense, mais Bettina, devinant
et devançant son dessein, s'élança sur lui avec une telle
énergie, qu'elle parvint à le désarmer et à s'emparer de
l'arme qu'elle jeta loin d'elle, en poussant un cri d'horreur ; elle était parvenue au plus haut degré de l'émotion
maternelle et elle n'avait plus la force de soutenir ce

Giuseppe avait tiré un poignard de sa poche pour se défendre.

débat, déjà trop prolongé, dans lequel la vie de son enfant était peut-être en jeu.

— Pour la dernière fois, dit-elle moitié suppliante et
moitié menaçante, je te somme de me rendre mon enfant !

— Ton enfant ? répliqua l'Italien, avec une dureté inflexible et glaciale : je te le rendrai, en arrivant à Rome,
si tu consens à partir, cette nuit, avec moi, pour l'Italie ;
je te le rendrai, ajouta-t-il d'un air impitoyable, quand tu

auras signé ton engagement avec le directeur du théâtre
de Rome !

Mme Grenet n'avait pas entendu les conditions que
son frère prétendait lui imposer, pour lui rendre son enfant ; elle poussait des cris inarticulés, elle était au pa-
roxysme d'une crise nerveuse, qui ressemblait à une attaque d'épilepsie ; elle se roulait par terre, en se frappant
la tête aux arbres, aux pierres et à tous les objets qu'elle
rencontrait dans cette effrayante agitation, dont elle
n'avait pas même conscience. Ses cris, ses lamentations,
ses gémissements attirèrent aussitôt nombre de passants, qui s'arrêtaient et se groupaient autour d'elle, sans
la secourir. Ceux qui l'interrogeaient n'obtenaient aucune
réponse ; ils s'adressèrent en vain à un enfant qu'ils
avaient trouvé auprès d'elle et qui semblait lui apparte-
nir, car cet enfant, portant un costume étranger et parlant une langue étrangère, ne la quittait pas et se penchait sur elle en gémissant.

L'état de la malheureuse femme ne faisait que s'aggra-
ver. On se demandait de l'un à l'autre ce qu'il fallait faire,
et les secours d'un médecin semblaient indispensables.
Mais où trouver un médecin dans cette cohue de gens
du peuple et de petits bourgeois, qui étaient venus voir le
feu d'artifice et qui avaient hâte de retourner chez eux ?
On ne pouvait tirer aucun renseignement de l'enfant
qui pleurait et qui répondait dans un langage incompré-
hensible aux questions confuses que tous les assistants lui
faisaient à la fois.

Dès que Giuseppe Lardi avait vu cette foule s'amas-
ser autour de sa sœur, il avait eu la lâcheté de l'aban-

donner, dans la crainte de se trouver gravement compromis et d'être conduit en prison, comme Bettina l'en avait menacé. Pendant qu'il s'éloignait à grands pas, enlevant l'enfant de la pauvre mère et lui laissant le sien propre en échange, les gens qui entouraient d'une pitié inerte et inutile cette femme inconnue, ne cessaient de répéter entre eux : « Elle va mourir ! — Elle est sans doute blessée ou empoisonnée ! — C'est bien l'agonie d'un empoisonnement ! — Elle a été peut-être assassinée ? — Voyez comme elle a le visage ensanglanté ! — Voilà un grand malheur ! — Cette femme est jeune et belle. — Voyez comme elle est richement vêtue, comme elle a des bijoux ! — Il faut empêcher qu'on ne la vole et qu'on ne la dépouille ? — Mais elle va rendre le dernier soupir ? — Elle est déjà froide et raide, comme une morte ! »

Un homme, qu'on disait être un médecin, s'approcha, d'un air d'importance, examina la mourante, lui tâta le pouls, secoua la tête en signe de fâcheux pronostic, écarta le manteau qui couvrait le costume de la déesse Astrée et la fit ainsi reconnaître à plusieurs personnes qui s'écrièrent en même temps : « C'est Mlle Sophie Arnould ! C'est la chanteuse qui a paru dans le Temple de l'Hymen ! — C'est bien elle ! — Ce n'est pas Sophie Arnould, mais c'est une autre chanteuse de l'Opéra. — Elle aura été écrasée dans la bagarre. — Elle n'est pas morte encore, elle rouvre les yeux !

— En tous cas, elle est bien malade ! dit le prétendu médecin qui n'était autre qu'un voleur et qui faisait main basse sur les bijoux dont Bettina était parée. Je n'en augure rien de bon. Il faudrait appeler un prêtre, qui l'assisterait *in extremis.*

Et il s'esquiva, emportant tout ce qu'il avait pu dérober, sans être vu, sans même être soupçonné.

Un mouvement s'était fait dans la foule: c'était une escouade du guet, qui cherchait à rétablir l'ordre et qui fut avertie de porter secours à une femme assassinée. Les soldats trouvèrent Bettina privée de connaissance et qui pouvait passer pour morte ; ils s'informèrent auprès des témoins de l'agonie de la victime, et ils n'obtinrent aucune indication précise sur un crime supposé, qui n'était peut-être qu'un accident. Mais, quand on leur dit que cette femme était Mlle Sophie Arnould, de l'Opéra, laquelle avait chanté, le soir même, dans la Cantate du Temple de l'Hymen, ils se décidèrent à la transporter dans une des ambulances qu'on venait de former, pour y recevoir les blessés et les morts, qui encombraient la rue Royale. L'enfant, qui n'avait pas réussi à se faire comprendre, suivait en pleurant la sœur de son père, que les soldats du guet allaient déposer à l'ambulance la plus proche. Cependant le bruit se répandait partout que Mlle Sophie Arnould, de l'Opéra, avait été écrasée dans la foule, et ce bruit-là courut tout Paris.

L'ambulance, où l'on porta Mme Grenet toujours évanouie, avait été ouverte au rez-de-chaussée d'un des bâtiments du nouveau Garde-Meuble ; c'était dans une salle basse, dont les murailles n'avaient pas été encore crépies, qu'on avait apporté une centaine de morts et quarante blessés, à qui la souffrance arrachait des plaintes douloureuses. Quelques médecins et chirurgiens avaient

commencé à visiter les blessures et à les panser sommai-
rement, avant même que ces infortunés eussent été recon-
nus et réclamés par leurs parents ou leurs amis. Quant
aux morts, on les entassait les uns sur les autres, faute
de place, à mesure qu'on croyait avoir constaté le décès

L'enfant suivait en pleurant la sœur de son père, que les soldats du guet allaient porter à
l'ambulance.

des victimes de l'épouvantable accident, dans lequel plusieurs centaines de personnes, hommes, femmes et enfants, avaient péri étouffés ou écrasés. Cette terrible et
lugubre scène était éclairée par plusieurs torches de
résine attachées aux murs. On entendait, aux abords de

l'ambulance, s'élever des voix plaintives, accompagnées
de sanglots et de gémissements. Il y avait là une affluence
de gens effarés et désolés, qui venaient chercher des nouvelles d'un père ou d'une mère, d'un fils ou d'une fille,
d'un frère ou d'une sœur, qu'ils avaient perdus dans la
foule et dont ils ignoraient le sort.

Au moment où les soldats du guet déposèrent à l'ambulance le corps d'une femme, qu'ils disaient être Sophie
Arnould, de l'Opéra, et qui ne donnait plus aucun signe
de vie, deux médecins examinaient un blessé qui vivait
encore, mais dont les blessures étaient graves et nom-
breuses : il avait deux côtes enfoncées, un bras cassé, et
une jambe brisée en trois endroits. Les médecins ne
s'étaient pas aperçus encore que ce malheureux jeune
homme avait eu les yeux crevés, en tombant au fond
d'une excavation, sur des planches hérissées de
clous.

— Il est impossible de soigner ici ce blessé, dit un des
médecins : il faudrait qu'il fût transporté chez lui ou à
l'hôpital.

— Je ne crois pas, messieurs, qu'on puisse me sauver,
reprit le jeune homme qui ne s'abusait pas sur sa triste
situation et qui faisait preuve d'une rare énergie. Ne vous
occupez pas de moi, je vous en prie, mais, par humanité,
faites en sorte que je sois informé, avant de mourir, de
ce que peut être devenue ma pauvre chère femme, depuis
que nous avons été séparés par la foule, à la sortie de la
Place Louis XV.....

Cette voix avait fait revenir à elle Bettina, qui était
étendue sur un matelas ensanglanté dans un coin de

l'ambulance, et que plusieurs des assistants contemplaient avec d'autant plus de curiosité, qu'on s'obstinait à la prendre pour la fameuse cantatrice de l'Opéra, Sophie Arnould. Bettina, qui n'avait pas encore retrouvé avec le sentiment la mémoire et la raison, reconnaissait pourtant la voix qui frappait ses oreilles : elle se souleva sur son séant, les yeux grands ouverts, et cherchant où pouvait être le blessé, qui parlait ainsi : elle le vit, elle tendit les bras vers lui, mais elle essaya vainement de prononcer une parole : elle avait perdu la voix, par suite des affreuses angoisses qu'elle avait éprouvées et sous l'empire de la terrible révolution nerveuse qui s'était emparée d'elle ; mais, du moins, en reprenant ses sens avec la conscience des dangers auxquels elle avait échappé, elle pouvait s'assurer, par ses propres yeux, que son mari vivait encore et qu'elle était auprès de lui. Ce fut là sa première pensée ; la seconde se porta vers son fils, qu'elle ne voyait pas et qui n'était plus avec elle. Un douloureux souvenir s'éveillait dans son esprit.

Il y avait bien un enfant, qui pleurait, à ses côtés, mais cet enfant n'était pas le sien ; c'était le fils de son frère Giuseppe Lardi. Elle essaya encore de prononcer quelques mots, en s'adressant à Louis Grenet qui ne pouvait plus la voir et qui ne soupçonnait pas même sa présence à quelques pas de lui.

Il était aveugle ; elle était muette. Ils n'avaient plus d'enfant !

IV

On ne s'explique pas comment il est possible de survivre à des douleurs et à des blessures mortelles. Louis Grenet et sa femme n'avaient pas succombé, l'un et l'autre, à la suite des cruels événements de la soirée du 30 mai 1770. Grenet avait été guéri de ses blessures, comme par miracle, puisqu'il n'était pas même resté infirme, mais il n'avait pas recouvré la vue. Sa femme n'avait pas recouvré la voix, et ils ne se consolaient pas de la perte de leur fils Beppo. Bettina pouvait se dire que cet enfant était vivant, puisque son frère le lui avait enlevé, en laissant à la place son propre fils qu'elle avait adopté, mais elle n'espérait pas revoir jamais son enfant, qu'elle regardait comme perdu pour elle et qui devait avoir été ramené, par Giuseppe Lardi, en Italie, à Rome, sans doute, où il aurait fallu pouvoir l'aller chercher.

Elle avait, toutefois, bien gardé son secret; elle avait obtenu aussi, par un échange de signes d'intelligence, que son neveu Marco le garderait comme elle. Louis Grenet ignorait donc les circonstances de la perte de son fils. Il supposait que l'enfant avait péri dans la terrible catastrophe, où un grand nombre de victimes avaient été enterrées au cimetière de la Madeleine, sans aucune constatation de leur état civil et de leur décès. Il ne pensait donc pas que cet enfant pût lui être rendu, et il le pleurait en silence pour ne pas affliger la mère, qui devait le regretter autant que lui-même. Ce fut surtout pour être agréable à sa femme et lui donner une sorte de consolation, qu'il avait consenti à recueillir chez lui l'enfant inconnu, qui s'était attaché à Bettina, sans doute après avoir été séparé de ses parents qu'il n'avait pas retrouvés. Cet enfant, Bettina l'avait pris en affection, comme si c'était la Providence, qui, en la privant de son fils unique, lui avait envoyé un orphelin pour le remplacer. Louis Grenet eût désiré seulement que cet orphelin ne fût pas d'origine italienne, car il avait en aversion tous les Italiens, à cause de son beau-frère, qu'il se félicitait de n'avoir pas vu reparaître depuis la fatale fête du mariage du Dauphin et de Marie-Antoinette. Grenet ne pouvait soupçonner que le petit Joseph (c'était le nom que Bettina lui avait imposé) n'était autre que Marco, le fils de Giuseppe Lardi ; il l'aurait reconnu peut-être, s'il n'eût pas é é aveugle.

Cet enfant, qui n'avait pas tardé à parler exclusivement français, était devenu, en quelque sorte, un interprète indispensable entre l'aveugle et la muette. Celle-ci écrivait en italien tout ce que Joseph avait à transmettre en français à Grenet, qui communiquait ainsi avec sa femme, qu'il ne voyait pas, et dont il n'entendait plus la voix. Leur existence eût été plus triste et plus difficile encore, sans l'intervention permanente et toute filiale de Joseph qui se faisait l'écho attentif de l'un et l'autre. Grenet s'attachait tous les jours davantage à cet enfant, qui était sans cesse auprès de lui et qui avait à son égard les soins et les pré-

venances d'un véritable fils. Un autre lien, de la nature la
plus intime et la plus délicate, s'était formé entre eux. Grenet, dans son état de cécité, auprès de sa femme qui avait
perdu la parole, n'avait pas de plus douce récréation que de
s'occuper de musique : il était sans cesse devant son clavecin et il composait des mélodies, des airs et des sona-
tes, qui avaient un grand charme pour Bettina. Joseph,
tout jeune qu'il fût, était déjà un musicien habile : il ac-
compagnait donc, avec la flûte ou le violon, les morceaux de
musique que Louis Grenet exécutait sur le clavecin; et
ces concerts d'instruments faisaient les délices des deux
époux, qui pouvaient, pour ainsi dire, à défaut de la
parole, se communiquer avec le langage de la musique
toutes les impressions et toutes les sensations de l'âme.

Plus d'une fois, en écoutant les compositions musicales
de son mari, Bettina s'imaginait qu'elle allait tout à coup
les traduire par son chant, mais la voix qu'elle sentait se
ranimer dans son gosier expirait sur ses lèvres. Elle avait
une tendresse presque maternelle pour son neveu, qui
était pour elle comme un gage que son frère lui avait
laissé en lui enlevant son propre fils, et elle se disait, dans
ses longues et muettes rêveries, que ce gage lui garantis-
sait, en quelque sorte, la conservation du pauvre enfant,
que Giuseppe Lardi lui rendrait tôt ou tard.

Les années passèrent ainsi tristes et monotones, sans
autres distractions que celles de la musique instrumentale, qui était pour Grenet et pour Bettina une langue mystérieuse et divine qui leur parlait du passé et de l'avenir.
Bien des fois, Bettina retrouvait dans sa mémoire les
motifs et les accords de cette belle Cantate, composée par

Louis Grenet et chantée par elle-même dans le Temple de l'Hymen, à la fête publique du 30 mai 1770 : elle était prête à se remettre à chanter ces airs qui semblaient encore notés dans sa tête, mais sa voix se refusait à sortir et à former des sons qu'elle croyait percevoir au fond de l'âme. Elle n'avait jamais osé demander à son mari d'évoquer de bien tristes souvenirs, en exécutant sur le clavecin cette Cantate qu'il ne pouvait avoir oubliée.

Sept ans s'étaient écoulés, depuis qu'ils avaient perdu leur fils, auquel ils pensaient toujours, sans jamais faire allusion à sa perte. Ils habitaient encore, au faubourg Saint-Antoine, leur petite maison, pleine du souvenir du petit Beppo, qu'ils avaient eu le malheur d'emmener avec eux à la déplorable fête du 30 mai 1770. Un jour, le concert quotidien allait commencer. Louis Grenet, sombre et pensif, promenait distraitement ses doigts sur les touches de son clavecin, qui semblait faire entendre des soupirs et des plaintes. Joseph avait pris son violon et se diposait à répondre à l'appel gémissant du clavecin. Bettina, sous l'impression d'un pressentiment mélancolique, écrivait sur son carnet qui lui servait à correspondre avec Joseph : *Eco la Cantata di Tempio del Imeneo*, c'est-à-dire : Voici la Cantate du Temple de l'Hymen.

Joseph hésita, un moment, ému et rougissant, avant de transmettre à Grenet le désir exprimé par sa femme, car il se souvenait aussi !

—Mon bon ami, dit-il en lui parlant à l'oreille, vous souvient-il d'une magnifique Cantate, que vous avez faite, il y a sept ou huit ans et que vous n'avez pas exécutée une seule fois depuis ?

— D'où sais-tu cela, Joseph ? repartit vivement le musicien, qui ne put se défendre d'une profonde émotion.

— Je ne le sais pas, reprit Joseph qui se repentait d'avoir remué les cendres des regrets paternels de Louis Grenet. Mais c'est ma bonne amie, à qui cette Cantate pourrait faire plaisir, puisqu'elle demande à l'entendre une dernière fois

— Soit! dit Grenet. Je croirai, en l'exécutant, admirer encore le chant délicieux de ma pauvre Bett'na.

Et il attaqua immédiatement l'ouverture de la Cantate, qui était, en quelque sorte, gravée dans sa mémoire, et Joseph accompagna sur son violon, avec un art et un sentiment exquis, ce morceau superbe exécuté magistralement sur le clavecin. Bettina, les yeux mouillés de larmes, retenait son haleine, pour ne pas perdre une note de la musique qui lui rappelait de si poignants souvenirs. Mais aussitôt que Grenet et Joseph entamèrent le premier air, Bettina, par une sorte d'évocation mentale, retrouva tout à coup les cordes de sa voix et la fit vibrer avec tant de force et d'éclat, que Grenet, hors de lui, transporté d'enthousiasme, ému et bouleversé dans tout son être, n'osa pas suspendre l'exécution du morceau de musique, de peur de mettre fin à un prodige qui le comblait de bonheur et de surprise : Bettina retrouvait sa voix, cette voix merveilleuse et si admirablement exercée, qu'elle avait perdue depuis huit ans !

Mais voici qu'au dehors, un autre accompagnement de violon, plus parfait et plus brillant que celui de Joseph, vient soutenir la voix de la cantatrice et ajouter de char-

mantes fantaisies à l'exécution large et puissante du
maître qui tient le clavecin. Rien n'égale la vigueur et
l'élan avec lesquels Bettina achève la reprise de son grand
air. Il y a, dans la rue, de nombreux auditeurs, qui sont
accourus aux merveilleux accords de ce concert improvisé
et qui applaudissent avec enthousiasme, lorsque la musi-

Louis Grenet exécute sa Cantate et Bettina recouvre la voix.

que a cessé dans la maison. Elle continue pourtant, au
dehors, où le joueur de violon recommence à exécuter
seul, avec de nouvelles fioritures et des ornements capri-
cieux, l'air que Bettina avait chanté d'un élan magnifique
avec accompagnement du clavecin.

9

— Est-ce toi, Bettina, qui chantais ainsi? s'écria Louis Grenet, dès qu'il put dominer son émotion. O chère Bettina, quel est le bon génie qui t'a rendu ta voix, pour me consoler de ne plus te voir !

— O mon Dieu ! murmurait Bettina, écoutant avec un trouble inexprimable l'air de la Cantate, que le violon de la rue ne se lassait de répéter, en y ajoutant les plus ingénieuses variations. Quel est le musicien qui joue si bien cet air, que personne ne connaît et qui n'avait pas été chanté ni exécuté depuis huit ans?

— C'est toi qui parles ainsi! disait Grenet, qui n'en croyait pas ses oreilles et qui ne se remettait pas de son saisissement.

— C'est moi, mon ami! répondit Bettina, qui avait, en effet, recouvré la voix par l'effet subit d'une violente secousse morale. Plaise à Dieu qu'il te rende la vue, comme il m'a rendu la voix !

— Hélas! repartit tristement le pauvre aveugle, si je demandais à Dieu de faire un miracle, ce serait qu'il me rendit mon fils Beppo !

Au moment même, reparaissait Joseph, qui était allé chercher dans la rue l'excellent musicien, que son auditoire populaire acclamait et applaudissait de plus belle. Ce musicien n'était autre qu'un enfant de dix ans, portant le costume des paysans romains : le chapeau de feutre noir à larges bords, la veste de drap bleu avec le gilet rouge à boutons de cuivre, la ceinture de laine rouge autour des reins, la culotte de velours brunâtre, les grandes guêtres de cuir et le manteau court flottant sur l'épaule gauche. Cet enfant, à la figure fine et intelligente, aux yeux

doux et tendres, à l'air fier et timide à la fois, tenait d'une
main son violon et son archet; il se laissait conduire par
Joseph, qui l'entraînait comme en triomphe.

— Le voici! le voici! criait Joseph. Je savais bien qu'il
reviendrait!.. C'est Beppo qui nous est rendu, mes bons
amis !

— Beppo! répétait Grenet, en ouvrant les bras pour le
recevoir; ô mon enfant, est-ce bien toi?

— En doutes-tu? disait Bettina, qui le retenait en le

Joseph était allé chercher dans la rue l'excellent musicien.

couvrant de baisers. Je le reconnais, quoiqu'il ait bien
grandi depuis huit ans! Ce cher enfant! Il porte à son cou
la médaille du mariage du Dauphin, que j'y avais mise
moi-même, le jour où nous l'avons perdu. Vois, vois-tu
la médaille, Louis? s'écria-t-elle, en poussant l'enfant
dans les bras de son père. C'est bien lui! c'est notre
cher enfant !... Il y a huit ans que nous ne l'avions
embrassé, Beppo !... Embrasse ton pauvre père, qui ne
pourra plus te voir, puisqu'il est aveugle....

— Mon père est aveugle... Cher père! Tu ne vois pas ton fils? disait Beppo, en l'embrassant avec des larmes qui se mêlaient à celles de Louis Grenet.

— Je te verrai pour lui, et il te verra aussi avec mes yeux! reprit Bettina, en attirant à elle Joseph, qui se tenait en arrière et paraissait soucieux et inquiet. Rien n'est changé ici, cher Marco, si ce n'est que j'ai maintenant deux enfants, que j'aime, que j'aimerai autant l'un que l'autre!

— Beppo! demanda Marco, à demi-voix, avec un soupir: nous apportes-tu de bonnes nouvelles de Giuseppe Lardi?

— C'est lui qui me renvoie à mon père et à ma mère! dit Beppo, en prenant la main de son cousin et en la serrant dans la sienne. Il m'a chargé de ses adieux pour toi et pour la famille, ajouta-t-il en dévorant un sanglot. Il n'était pas méchant!... Il a été très bon pour moi, et je lui dois d'avoir bien appris la musique.

— Beppo, Marco! mes enfants! s'écria Louis Grenet, qui comprenait tout et qui accordait un regret à son beau-frère. Certes il t'a bien appris la musique!... Giuseppe Lardi était un excellent musicien... Hélas! La musique est, sans doute, une belle chose; mais j'y renoncerais volontiers pour toujours, si j'avais en échange le bonheur de vous voir l'un et l'autre, mes chers enfants, ainsi que votre bonne mère, ma bien-aimée Bettina!

— Père! dit Beppo, en accordant cette espèce d'oraison funèbre à la mémoire de Giuseppe Lardi: mon oncle m'a souvent répété que sa sœur était la première cantatrice de l'Italie, et ses dernières paroles, au lit de mort, furent celles-ci : « C'eût été un grand honneur pour la famille si Bettina eût chanté, ne fût-ce que pendant une saison, au grand théâtre de Rome! »

— C'est bien vrai! repartit Louis Grenet avec exaltation : Bettina est la première cantatrice du monde! Mais Bettina ne chante et ne chantera que pour nous, pour son mari et pour ses enfants.

LE FILS DU BOURREAU

(1765)

LE FILS DU BOURREAU

(1763)

I

LES MARAIS SAINT-MARTIN

Au milieu du dernier siècle, le vaste quartier compris entre les deux rues du faubourg Saint-Denis et du faubourg Saint-Martin, ce quartier, que nous voyons maintenant couvert de maisons et percé de rues bien alignées, où s'accroît sans cesse la population bourgeoise et commerçante, ne formait qu'une immense plaine, composée de champs en friche, de terrains marécageux, et de quelques enclos épars, dans lesquels on cultivait des herbages et des légumes potagers. Cette plaine, qu'on appelait *les Marais Saint-Martin,* ne comptait alors qu'un bien petit nombre d'habitants ; elle était presque déserte pendant le jour, et la nuit il n'aurait pas été prudent de s'y aventurer, quoiqu'on eût grande chance de ne pas rencontrer un être vivant, dans les chemins et les sentiers, qui ne devinrent des ruelles et des rues que cinquante ou soixante

ans plus tard. Et pourtant les Marais Saint-Martin
étaient dans le voisinage de la foire Saint-Laurent, de
l'hôpital Saint-Louis et de plusieurs couvents.

On peut supposer que l'espèce de terreur populaire, qui
plana en quelque sorte durant plusieurs siècles sur cette
partie des faubourgs de la capitale, doit être attribuée à
un chemin conduisant à l'ancien gibet de Montfaucon, et
peut-être aussi au voisinage de la demeure du bourreau
de Paris, exécuteur de la haute justice. En effet, il avait
eu sa résidence, depuis le XIVᵉ siècle, dans le centre des
Marais Saint-Martin, à l'endroit même où la nouvelle rue
Albouy sort de la rue actuelle des Marais. C'était là que
logeait encore, en 1750, le *maître* des hautes œuvres,
comme on le qualifiait à cette époque, où le peuple ne pouvait se déshabituer de lui donner le nom de *bourreau*. Jean
Lochon, qui remplissait héréditairement ces redoutables
fonctions publiques et qui les avait toujours remplies à
contre-cœur, comme contraint et forcé par l'ancienne Coutume, était le dernier descendant de la famille des bourreaux, qui avaient exercé ce terrible ministère pendant plus
de trois siècles.

Il vivait solitairement, et presque caché, dans une vieille
maison, entourée d'une enceinte de murs épais et très
hauts qui la mettaient à l'abri d'une attaque de vive force,
car, en certaines circonstances, l'exécuteur des arrêts cri-
minels avait tout à craindre de la haine et de l'horreur
qu'il inspirait à la populace. Cette maison et l'enceinte
qui l'environnait se divisaient en deux parties distinctes,
entièrement séparées l'une de l'autre et ne communiquant
entre elles que par une seule porte, qui restait toujours

fermée. D'un côté, se trouvait l'habitation de Jean Lochon, avec une petite cour et un joli jardin d'agrément, et rien ne laissait soupçonner, dans cette habitation, que la personne qui l'occupait, avec une unique servante, fût autre chose qu'un simple bourgeois, retiré à la campagne, loin

La vieille maison du bourreau de Paris, aux Marais Saint-Martin.

des affaires et du bruit de la ville. De l'autre côté, c'était le logement des aides du bourreau, avec les chevaux et les charrettes nécessaires aux exécutions et l'effroyable arsenal des instruments de supplice, car, en ce temps-là, les exécutions criminelles, depuis la peine du fouet jus-

qu'à celle de la roue, exigeaient l'usage d'une quantité
d'objets divers et d'horribles ustensiles.

Jean Lochon avait un fils, âgé de douze ans, à qui revenait de droit, tôt ou tard, la triste succession de l'état de
son père et qui ne savait pas encore à quel affreux métier
sa naissance l'avait destiné. Ses parents l'avaient élevé
dans l'ignorance absolue de leur véritable condition, et,
quand il perdit sa mère, il n'était pas encore sorti de la
maison où il était né et où il avait passé son enfance. Il
croyait que son père, qui lui donnait des leçons de botanique et d'histoire naturelle, était ce qu'on nommait alors
un *curieux de la nature*, un philosophe dédaigneux de la ville
et confiné dans les études scientifiques auxquelles il le
faisait participer. L'enfant cultivait donc avec lui leur
petit jardin, où ils avaient des fleurs et des plantes rares ;
ils élevaient aussi ensemble quelques animaux domestiques, des chiens, des chats et des oiseaux. Tels étaient
leurs occupations et leurs passe-temps journaliers. Delà l'innocence naïve du fils de Jean Lochon.

Lorsque Jean Lochon devint veuf, n'ayant plus sa femme
pour surveiller cet enfant et pour l'empêcher, en quelque
sorte, de communiquer avec le reste du monde, surtout
dans les jours néfastes où le solitaire naturaliste ne
devait plus être que l'exécuteur de la haute justice,
il avait imaginé de placer son fils sous la garde d'une
vieille servante, qui lui inspirait d'autant plus de confiance qu'elle était muette et à peu près sourde. Celle-ci
ne quittait pas l'enfant, toutes les fois que le père était
obligé de disparaître pour vaquer à ses pénibles devoirs,
et, ces jours-là, elle devait le tenir autant que possible

renfermé dans la maison, sous prétexte de leçons à apprendre et d'études à terminer. L'enfant n'y trouvait pas à redire, pourvu que ses chiens, ses chats et ses oiseaux fussent alors les compagnons fidèles et inséparables de sa captivité studieuse.

— Père ! dit un jour le petit Lochon, le lendemain d'une exécution capitale qui avait exigé l'absence de l'exécuteur pendant toute une journée : quels sont donc les gens qui demeurent à côté de nous ? Ils ont fait, hier matin et hier soir, un bruit infernal avec leurs chevaux et leurs voitures. Ils se sont querellés aussi et peut-être battus, le soir, après leur travail, qui s'était prolongé plus tard qu'à l'ordinaire.

— Je ne sais quels sont les gens qui demeurent près de nous ! répondit Jean Lochon, ému et embarrassé. Ce sont sans doute des charretiers qui ont des querelles entre eux... Mais tu n'as rien entendu de ces altercations, mon cher Antoine, rien, n'est-ce pas ?

— Je n'y ai rien compris, d'ailleurs, reprit l'enfant : ils disaient que la besogne avait été bien rude et bien difficile, attendu que la *pratique* (c'est le mot qu'ils ont prononcé, ce me semble) se démenait comme un vrai diable dans un bénitier. Je me trouvais alors près de cette vieille porte qu'on n'ouvre jamais et qui doit communiquer avec la maison voisine. Deux de ces hommes s'étaient pris au corps et luttaient ensemble, quand un troisième est venu les séparer, en criant : « Sacrés valets de bourreau ! je vais avertir notre patron, qui vous chassera comme des chiens que vous êtes ! »

— Que veux-tu, mon pauvre Antoine, répliqua Lochon,

il y a, de par le monde, tant de gens grossiers et brutaux. Ce n'est pas à nous à faire la police et à nous compromettre avec eux. Je me plaindrai cependant au commissaire du quartier, qui est chargé d'empêcher les rixes et le scandale.

L'exécuteur prit des mesures, en conséquence, et fit placer une pile de bois à brûler devant la porte condamnée, qui communiquait avec le logement de ses aides et le dépôt de son matériel d'exécutions. Mais son fils grandissait, et la curiosité, si naturelle chez l'enfance, devait le porter à désirer connaître par ses propres yeux ce qui se passait, de temps à autre, dans la maison voisine. Jean Lochon était bien obligé de garder chez lui son fils, qui n'eût pas été admis dans un collège, ni dans une pension, mais il ne voulait à aucun prix que cet enfant eût connaissance de la honteuse profession, à laquelle sa naissance le destinait, avant le moment fatal où on ne pourrait plus la lui cacher. Il résolut donc de l'éloigner, au moins toutes les fois que lui-même serait obligé de s'absenter pendant une journée entière pour remplir les devoirs de sa charge de justice criminelle.

— Tu es maintenant assez grand et assez raisonnable pour sortir seul, lui dit-il, si tu me promets de suivre scrupuleusement mes instructions. Le monde est bien méchant, mon cher Antoine, et l'on ne saurait trop s'en défier. Le plus sage et le meilleur est de n'avoir pas de rapport avec lui. Je te recommande donc de ne parler à personne, c'est-à-dire de ne point répondre aux questions qu'on viendrait à t'adresser sur mon compte, sur ta famille, sur ton genre de vie, sur notre demeure, et, en un mot, sur tout ce qui nous concerne l'un et l'autre.

— Je n'ai que faire de sortir, père, repartit Antoine avec mélancolie ; je me trouve bien ici, surtout lorsque j'y suis avec toi, et je ne souhaite rien de plus ! Il n'y a que ma bonne mère qui nous manque !

— Dieu l'a rappelée à lui, mon enfant, et nous restons tous deux pour nous souvenir d'elle et pour la regretter sans cesse. Mais j'en reviens au sujet qui nous occupe : il est bon, il est utile que tu saches ce que c'est que le monde, non pas pour t'y mêler, mais pour t'en faire une idée et pour apprendre à le craindre et à le fuir.

— S'il faut le craindre et le fuir, interrompit l'enfant, je n'ai que faire de l'aller chercher.

— Tu ne comprends pas, Antoine ? dit le père qui se rendait bien compte de la difficulté de se faire comprendre. Des affaires sérieuses et impérieuses m'obligent à sortir moi-même, une ou deux fois par mois...

— Eh bien ! dit vivement Antoine, pourquoi donc, ces jours-là, ne pas m'emmener avec toi ? Je prendrais plaisir et intérêt à sortir alors, et, sous ta direction, sous ta protection, je n'aurais rien à redouter de la part de ce monde, que je ne connais pas et que je n'ai nulle envie de connaître.

— Sans doute, répliqua Jean Lochon, qui baissa la tête pour dissimuler son trouble et sa tristesse, sans doute il me serait bien agréable de sortir avec toi et de rentrer ensemble dans notre retraite, où nous étions trois, où nous ne sommes plus que deux, hélas ! Mais une journée de courses, de démarches, de travaux pénibles, te fatigue-

rait, t'ennuierait peut-être ; et d'ailleurs, les affaires sont
des affaires et non des récréations. Ce qui importe, mon
ami, c'est que tu saches te conduire, te défendre, te sau-
vegarder, quand tu te trouveras seul au milieu des
hommes.

Cet entretien préoccupa l'enfant et lui donna beaucoup
à réfléchir. Il avait déjà été frappé du mystère qui planait
autour de lui, et plus d'une fois il s'était demandé dans
son for intérieur s'il n'ignorait pas tout ce qu'il aurait dû,
tout ce qu'il aurait voulu savoir. Il ne savait pas même
le nom de son père, qu'il avait entendu, par hasard, appeler *Monsieur Jean,* et que sa défunte mère n'avait jamais
appelé que *mon ami.* Il s'aperçut, pour la première fois,
qu'il était seul avec lui-même, malgré la présence de son
père, et que ses chiens, ses chats et ses oiseaux ne lui
faisaient pas une société qui pouvait lui suffire.

Cependant Jean Lochon s'était fait violence pour sortir
de sa maison, avec son fils, non le jour, mais le soir, à
la nuit close, dans le costume le plus modeste, ayant
toujours un chapeau à larges bords rabattu sur les yeux.
Il s'était dit enfin, que c'était à lui qu'appartenait le soin
d'initier, pour ainsi dire, son fils à l'existence sociale, et de
lui donner la première expérience de la vie. Il ne pouvait
se montrer dans les rues de Paris qu'à la condition d'y
être absolument inconnu, car il ne se faisait pas d'illusion
sur les hontes et les dangers qu'il affrontait, lui, exécuteur des hautes œuvres, en osant paraître en public et
s'y montrer à visage découvert, en dehors de ses fonctions
légales. Aussi, dans les promenades nocturnes qu'il faisait
avec son fils, ne parlait-il qu'à voix basse et le moins

possible, et il évitait aussi de recevoir en plein visage le reflet des lanternes qui ne jetaient dans les rues qu'une lumière indécise et vacillante. Sa plus constante préoccupation était de se dérober au regard scrutateur des passants.

On s'explique assez comment Jean Lochon n'eut jamais la hardiesse de s'aventurer, le soir, avec son fils, dans la ville, au milieu de la population circulante et sous les rayonnements des boutiques éclairées. Il tournait le dos, au contraire, aux quartiers de luxe et de commerce, pour s'enfoncer dans les quartiers sombres et déserts des faubourgs. Il se dirigeait de préférence vers les petits hameaux de Belleville et de Ménilmontant, qui étaient alors environnés de bouquets de bois et qui ont été depuis enveloppés par la marée montante des accroissements de la capitale. C'était dans un de ces deux hameaux qu'il avait osé plus d'une fois amener son fils en plein jour et dîner avec lui dans la salle de verdure d'une guinguette, où il put se figurer un instant qu'il était un simple homme du peuple, comme tous ceux qui l'entouraient. Mais, une fois, dans une de ces excursions matinales, où il s'oubliait lui-même, il fut reconnu, injurié, hué et poursuivi. Il eut le bonheur d'échapper à cette agression menaçante, en se séparant brusquement de son fils, qui put le rejoindre, tout tremblant et tout essoufflé, à la porte de leur maison, et y rentrer, en même temps que lui, sans avoir compris ni deviné les motifs de cette espèce de fuite.

— J'ai des ennemis, sans doute ! dit Jean Lochon à son fils. Mais qui n'en a pas ! on est exposé aussi à rencontrer des mauvais sujets, qui vous font une avanie, sans savoir

10

qui vous êtes... Je ne sortirai plus avec toi, mon cher Antoine : je ne veux pas que les gens qui me veulent du mal puissent t'en faire, à cause de moi.

Peu de jours après, Jean Lochon, dont la tristesse habituelle s'était encore augmentée depuis cette fâcheuse aventure, n'eut pas le courage d'en révéler à son fils la véritable origine ; il lui remit seulement une clef, qui ouvrait la petite porte d'entrée de la maison.

— Tu es assez grand à présent, lui dit-il, pour sortir seul, quand tu voudras. Je te recommande toutefois de ne parler à personne et de n'entretenir aucune relation avec les gens qui chercheraient à se lier avec toi, fussent les plus honnêtes et les plus honorables... Tu peux jouir encore de ta liberté ; quant à moi, je n'ai plus la mienne et je ne la recouvrerai jamais.

Le jeune Antoine ne profita pas d'abord de la permission qui lui était accordée : il s'abstint même de sortir, pour rester auprès de son père qui se refusait à sortir avec lui. Mais Jean Lochon, dans l'attente d'une prochaine exécution qui devait avoir lieu, invita de nouveau son fils à consacrer, à une herborisation dans les bosquets de Belleville, la journée entière pendant laquelle il aurait à s'absenter lui-même, pour affaires, jusqu'au soir.

— Voici les conditions que je t'impose, lui dit-il : tu sortiras à dix heures du matin et tu rentreras à quatre heures précises de l'après-midi. Défense expresse d'engager avec qui que ce soit un entretien prolongé ; ne répondre à aucune question qui puisse nous concerner, toi ou moi. Réserve et dicrétion absolues, défiance continuelle, silence permanent..... Nous sommes l'un et

l'autre, cher enfant, condamnés à n'avoir pas un seul ami,
au milieu d'un monde d'ennemis.

Ces paroles pleines de mystère et de menace éveillèrent
autant de tristesse que d'inquiétude dans l'esprit d'Antoine, qui n'en fut que plus impatient d'user de sa liberté
et de l'employer exclusivement pour ses études de botanique et d'histoire naturelle ; il avait donc préparé son
équipage d'herboriseur et de naturaliste, et dix heures
sonnaient à l'hôpital Saint-Louis, lorsqu'il sortit de la
maison, sans avoir dit adieu à son père, qui se disposait
à sortir aussi, de son côté, mais qui n'avait pas à suivre
la même route que lui.

II

PROMENADES D'HERBORISEUR

C'était une fraîche et riante matinée qui annonçait la plus belle journée de printemps. Antoine se trouvait seul, pour la première fois, dans la rue ou plutôt dans la campagne, car le chemin qu'il suivait, en regardant autour de lui par intervalle, était à peine tracé entre des champs où ne poussaient que de l'herbe et des chardons ; mais, dans le lointain, tout était feuillage et verdure, en avant du hameau de Belleville qui se cachait derrière un rideau d'arbres touffus. L'enfant éprouvait une joie mêlée de crainte, en se sentant libre, et sa poitrine se gonflait à l'air vif et pur du matin, qu'il respirait à plein poumons. Il ne voyait personne sur la route et il s'effrayait presque, à l'idée de marcher ainsi pendant une demi-heure, sans apercevoir un visage humain. Mais voici le paysage qui s'anime : des gens du peuple, des paysans et des paysannes, des moines et des cavaliers, vont à la ville ou en reviennent ; le soleil se montre et se cache tour à tour dans un beau ciel azuré, tout parsemé de nuages blancs et dorés.

Antoine est bien décidé à se conformer religieusement aux instructions de son père : il ne parlera à personne, il ne répondra pas aux paroles les plus engageantes qui

lui seraient adressées. Cet enfant, très simplement, mais
très proprement habillé, avait une élégance, une distinction de tournure et de manières, qui prévenaient en sa
faveur et donnaient, à première vue, l'opinion la
plus favorable de ce qu'il était, de ce qu'il pouvait être.
Sa charmante physionomie, les beaux traits de son visage,
ses yeux bleus, ses cheveux blonds, sa bouche fine et
intelligente, semblaient dénoter une origine à laquelle sa

Avez-vous vu descendre les charrettes de M. l'Exécuteur ?

naissance opposait un étrange démenti. Les lois de la nature étaient, à cet égard, en complet désaccord avec les lois
de la société.

— Mon fils, lui dirent deux moines mendiants qui
allaient à la quête, on assure qu'il y a des chiens en-
ragés dans la plaine de Belleville : vous ferez sagement
d'y prendre garde et de vous en défier.

— Mon petit Monsieur, lui dirent en passant deux vil-
lageoises, nous allons faire dire une messe à la chapelle

de l'hôpital Saint-Louis pour un malade : vous plairait-il de nous accompagner ? Cela vous porterait chance.

— L'enfant ! lui dit un homme à cheval, qui n'était autre qu'un sergent de la prévôté de Paris : vous paraissez venir des Marais Saint-Martin ? Avez-vous vu descendre les charrettes de M. l'Exécuteur ?

Antoine faisait semblant de ne pas entendre, baissait les yeux, et marchait toujours en hâtant le pas. Il arriva dans les champs qui s'étendaient aux abords de Belleville, et il se mit à recueillir des herbes et des plantes le long des pièces de blé, de seigle et d'avoine, qui bordaient le chemin. Il ramassa aussi quelques jolis insectes qui couraient à ses pieds, et il attrappa deux ou trois beaux papillons qui venaient d'éclore et qui déployaient leurs ailes au soleil du printemps. Ce soleil commençait à devenir brûlant, et l'enfant se félicitait d'en être garanti par un grand chapeau de paille, qu'il portait avec l'intention de se laisser moins voir, car les précautions que son père avait prises pour n'être pas reconnu dans leurs promenades du soir et du matin avaient ajouté un surcroît de défiance à la timidité instinctive de cet enfant.

Il passa devant un champ, qui n'était pas cultivé et qui servait exclusivement à étendre, sur des cordes soutenues par de hautes perches, le linge au sortir de la lessive. Il aperçut, dans ce champ, une quantité de belles herbes et de plantes agrestes, qui poussaient librement à l'ombre du séchoir et qui semblaient l'inviter à les cueillir ; il entra dans le champ et il s'empressa d'y faire une bonne récolte, en se courbant sur le sol, et à demi caché par le linge mouillé qui flottait au-dessus de sa tête. Tout à coup une voix de femme, qui n'avait rien de rude ni d'agressif, s'éleva du milieu de ces toiles qui séchaient au soleil.

— Mon enfant, disait la voix, on ne vient pas ainsi dans mon champ, lorsqu'il y a du linge étendu. Je n'ai pas le moindre soupçon vis-à-vis de vous, mais vous pourriez salir et gâter mon linge.

— Oh ! maman ! reprit une autre voix moins forte et plus vive : il ne fait pas de mal, ce gentil enfant ! Il y a un quart d'heure que je le vois venir cueillant des herbes et attrapant des papillons. C'est un petit Monsieur de la ville, qui doit être bien sage, puisqu'on le laisse ainsi courir les champs. Si je l'avais osé, je serais allée déjà l'aider à faire sa cueillette et sa chasse, pour avoir de lui un grand merci.

Antoine vit apparaître une jeune fille, de son âge environ, qui venait à lui, en souriant. Elle était jolie et ne manquait pas d'une sorte d'élégance et de distinction, quoiqu'elle appartînt, par sa naissance et sa profession, à la classe du peuple. Son costume même caractérisait sa position sociale ; mais il était si soigné, si propre, si coquet, et elle le portait de si bonne grâce, qu'on prenait plaisir à la regarder et à l'admirer. Ce n'était pourtant qu'une petite blanchisseuse, vêtue de toile grise, avec un mouchoir de coton noir et blanc sur la tête, et sa mère, qui se montra presque en même temps entre les pièces de linge qu'elle étendait sur des cordes, n'avait pas une figure moins intéressante, ni une apparence moins honnête, ni un air moins engageant. Cette dernière n'eut pas plutôt vu quel était l'enfant dont sa fille avait pris la

défense, qu'elle se repentit d'avoir eu contre lui un mouvement de malveillance et de colère. On remarquait cependant sur son visage pâle les traces d'un grand chagrin,
et dans son habillement les restes d'un deuil qu'elle avait
porté plus d'un an.

— Monsieur, dit-elle au petit botaniste en s'exprimant
avec autant de convenance que de bonté, vous m'excu-
serez d'avoir eu à votre égard un moment de défiance,
que je me reproche : je n'avais pas vu qui vous étiez, et
nous avons besoin, nous autres blanchisseuses, de beaucoup de précautions et de surveillance, quand des in-
connus viennent se glisser, sous un prétexte quelconque,
au milieu de nos lessives, car on nous vole souvent du
linge...

— Je te le disais bien, maman, reprit la jeune fille en
rougissant, que Monsieur était un bourgeois, un jeune
homme de bonne maison, un fils de famille, et que ses
parents, qui l'accompagnent sans doute, ne devaient
pas être loin...

— Je vous demande pardon, interrompit Antoine en
rougissant à son tour, je n'attends personne, je suis seul
et toujours seul dans ma promenade; je n'ai pas besoin
qu'on m'accompagne, je vous assure : je ne me perdrai
pas.

— C'est que vous ne demeurez pas loin de nous, Monsieur? reprit la jeune fille, en cherchant à lier conversation
avec cet enfant, qui ne lui inspirait que de la sympathie. Si
vous logiez dans la ville, dans cette grande ville où il y a
tant de rues, tant de maisons et tant de gens, vous pourriez bien vous égarer, et vous seriez fort en peine de retrou-

ver votre chemin. Ce qui m'est arrivé à moi-même, un jour que j'ai voulu visiter un peu le quartier où nous étions, pendant que ma mère portait son linge chez les pratiques. Je n'avais pas fait cent pas, après avoir quitté notre voiture, que je ne reconnaissais plus ma route. J'étais bel et bien perdue, Monsieur, si je n'avais pas rencontré le Gros-Pierre, le maraîcher de la Courtille, qui s'en allait aux Halles avec sa carriole. « C'est toi, Jacqueline ! me cria-t-il en gaussant. Qu'est-ce que tu fais là, ma fille, sans ta mère ? » J'étais déjà tout en larmes, et je ne me suis consolée qu'en embrassant ma mère. Aussi, depuis lors, je ne quitte plus notre voiture, pendant que ma mère distribue son linge aux pratiques, et grâce à Dieu ! je ne crains plus de me perdre.

Après ces confidences ingénues, faites avec une naïve franchise, écoutées avec un si candide intérêt, la connaissance était faite entre Jacqueline et Antoine. Ils s'étaient assis, l'un à côté de l'autre, sur un tertre de gazon, et ils causaient familièrement ensemble, comme s'ils se connaissaient de longue date.

Jacqueline n'arrêtait plus de parler ; elle donnait suite, avec abandon, aux confidences toutes personnelles qu'elle avait commencé de faire à son nouvel ami. Elle lui raconta tout ce qui concernait sa propre histoire : le mariage de sa mère avec un riche blanchisseur de Belleville, nommé Maillard, la prospérité de leur industrie, la mort de son père l'année précédente, les fatigues et les embarras que la veuve avait eus à supporter depuis sa résolution de ne jamais se remarier, malgré les offres et les poursuites du Gros-Pierre de la Courtille, lequel était

fort à son aise, mais qui buvait tout ce qu'il avait ; puis
encore tels et tels détails intimes sur l'intérieur de la
maison de Mme Maillard, sur les bénéfices et les pertes
de la blanchisserie, sur les pratiques bonnes et mau-
vaises, sur la nature du travail, etc. Antoine prêtait
l'oreille, en ouvrant de grands yeux qui restaient fixés
sur Jacqueline, mais il ne disait mot.

Ensuite Jacqueline entama le chapitre de son éducation:
elle savait lire et compter ; elle était fort adroite de ses
mains ; elle faisait elle-même ses robes et celles de sa
mère ; elle aidait sa mère, de toutes ses forces et
sans épargner sa peine, mais sa mère était toujours
triste, et elle toujours gaie, parce qu'elle se reposait de
son avenir sur la Providence qui n'abandonne jamais ceux
qui ont foi en elle. Antoine regardait toujours Jacqueline
et ne se lassait pas d'écouter.

Mais, quand Jacqueline essaya de l'interroger et d'obtenir de sa part un échange de confidences, il se renferma
dans un mutisme complet, ou il éluda les questions qui
lui étaient adressées. Il parla volontiers de son instruction et de ses études ; il ne dissimula pas son goût pour
la botanique et pour l'histoire naturelle : il raconta que
depuis sa première enfance, il avait eu beaucoup de chiens,
de chats et d'oiseaux. Mais, quand on lui demanda le nom,
l'état et la demeure de son père, il fit la sourde oreille et
ne répondit rien. Il eût été assez embarrassé, en effet, de
répondre.

— Vous me direz tout cela, quand nous nous connaî-
trons davantage, murmurait tristement Jacqueline. Ce
n'est pas la curiosité qui me pousse à vous questionner

ainsi, c'est plutôt, croyez-le bien, l'intérêt, l'affection que vous m'inspirez, que vous inspirez certainement à tous ceux qui vous connaissent. Vous êtes d'une famille distinguée et riche ; si vous n'en convenez pas, c'est que vous craignez de me faire rougir, moi qui ne suis qu'une pauvre petite blanchisseuse... Je n'en suis pas moins bien heureuse de vous avoir rencontré et je vous prie de me conserver un peu d'estime et d'amitié.

La journée s'était passée dans ces entretiens innocents, auxquels Jacqueline avait eu la plus grande part, sans qu'elle y prît garde, car les yeux d'Antoine avaient parlé autant et mieux que sa bouche. Une sympathie réciproque naissait spontanément entre ces deux enfants, qui n'avaient jamais eu l'occasion de se faire un ami. Il n'avait fallu que quelques instants pour jeter dans leurs cœurs les racines d'une véritable amitié. Jacqueline entendit la voix de sa mère, qui la rappelait au travail ; Antoine se souvint que son père lui avait recommandé d'être rentré au logis, avant quatre heures.

— Qui sait maintenant quand vous reviendrez ! lui dit Jacqueline avec émotion. Ce sera peut-être aujourd'hui la première et la dernière fois que nous nous serons vus... En vous attendant, je chercherai, pour vous, de be les fleurs et des plantes rares ; je chercherai aussi des insectes et des papillons, puisque vous les aimez, et je serai bien contente si je puis ajouter quelques jolis oiseaux à votre volière, que je voudrais bien voir.

— Vous avez le bonheur d'avoir encore votre mère ! reprit Antoine, en lui prenant la main avec attendrissement : Respectez-la, aimez-la, efforcez-vous de la rendre heureuse. Moi, je n'ai plus la mienne !

— Et votre père ? reprit Jacqueline, que gagnait la mélancolie de son jeune ami.

— On me laisse beaucoup de liberté, répondit Antoine : j'en profiterai pour venir souvent à Belleville, dans la matinée surtout. Dites à Madame votre mère, qu'elle a maintenant deux enfants au lieu d'un !

Jean Lochon n'était pas de retour, lorsque son fils revint à la maison. Antoine fut, ce jour-là, plus absorbé dans ses réflexions et moins expansif : il se consultait tout bas, pour savoir comment il devait raconter à son père l'emploi de sa journée, mais, ce jour-là aussi, Jean Lochon, de son côté, paraissait plus soucieux et plus accablé qu'à l'ordinaire : il se renfermait dans une sombre méditation, la tête plongée dans ses mains. Ainsi Antoine se trouva dispensé de faire un aveu qui lui coûtait, et n'ayant pas été interrogé, il n'eut qu'à se taire pour ne pas déguiser la vérité. Il se trouva donc dispensé de révéler la connaissance qu'il avait faite de M^{mo} Maillard et de sa fille.

Le lendemain, il sortit, de bonne heure, pour aller les revoir, sans que son père semblât se préoccuper de sa sortie et de son absence. Antoine, en revenant, ne dit rien sur la manière dont il avait passé son temps, et son père n'eut pas l'air de s'en préoccuper. Ce fut, dès lors, une habitude prise. Le fils sortait de la maison et rentrait bientôt, sans rien dire ; le père ne lui demandait aucune explication et semblait indifférent à tout ce qu'on aurait pu lui apprendre au sujet de ces sorties fréquentes et presque journalières. Les attribuait-il uniquement à la botanique et à l'histoire naturelle? Il ne soupçonnait pas que son fils pût lui cacher quelque chose et il se bornait à lui recommander toujours d'éviter absolument toute espèce de conversation relative à lui-même, à son père et à leur genre de vie, car, suivant un proverbe qu'il répétait souvent, « les curieux sont des envieux ». Il lui défendait surtout d'indiquer leur demeure à qui que ce fût, et cela, pour obvier à de grands inconvénients qu'il lui ferait apprécier plus tard. Aussi, l'avertissait-il tous les jours d'avoir grand soin de ne sortir de la maison et de n'y rentrer, qu'après s'être assuré qu'il ne serait vu de personne et que le chemin des Marais Saint-Martin était complètement désert.

Antoine obéit scrupuleusement aux recommandations de son père et garda un silence absolu sur tous les points que son père lui avait indiqués, sans commettre la moindre indiscrétion, la moindre imprudence à cet égard. Il retournait sans cesse à Belleville, pour voir sa petite amie Jacqueline, et il passait de longues heures chez Mme Maillard, qui l'avait pris en grande amitié, au point de le regarder presque comme un fils adoptif; il regardait aussi comme sa propre sœur l'aimable fillette, qui lui avait témoigné tout d'abord tant de sympathie et qui n'avait pas tardé à lui accorder tant de confiance et d'attachement. La mère avait sans doute trouvé étrange le mystère dans lequel M. Antoine (comme on l'appelait chez Mme Maillard) s'obstinait à se renfermer, au sujet du nom de sa famille et de la demeure de ses parents, mais Jacqueline fut la première à comprendre que M. Antoine avait probablement des raisons majeures pour se taire là-dessus et pour refuser de donner les renseignements qu'on lui demandait; aussi bien, remarquait-on qu'il avait l'air de souffrir, dès qu'on insistait sur des questions auxquelles il ne voulait ou ne pouvait satisfaire.

On n'y revint donc plus, et Antoine se vit tout à fait délivré d'une sorte d'inquisition qui lui était pénible et qui l'embarrassait visiblement.

Ses rapports fréquents avec Mme Maillard et sa fille devenaient de plus en plus agréables, à ce point qu'il n'aurait pu s'en passer. Il ne sortait de la maison de son père, que pour courir à Belleville, et tous les moments dont il disposait étaient consacrés à ces visites qu'il renouvelait aussi souvent que possible. Il ne manquait pas d'instruction et il avait si bien profité des leçons de sa mère et de son père, qu'il n'eût pas été mieux instruit, s'il avait suivi des cours publics dans un collège ou dans une maison d'études: il prit donc plaisir à instruire aussi Jacqueline, en lui donnant des leçons de grammaire, d'histoire et de science élémentaire, leçons dont son élève profitait de la manière la plus heureuse. La botanique et l'histoire naturelle n'étaient pas négligées, et les deux enfants se faisaient une fête, quand ils avaient une journée de récréation, d'aller herboriser dans les bois de Belleville et même dans celui de Ménilmontant et de Romainville.

Ce fut dans une de ces promenades faites avec la permission de Mme Maillard, que les deux enfants, occupés à chercher des herbes sur la lisière du bois, rencontrèrent le Gros-Pierre, de la Courtille, qui voiturait des légumes dans sa carriole. Jacqueline eut beau détourner la tête, pour n'être pas reconnue, le Gros-Pierre l'avait aperçue de loin, et s'étonnait de la voir,

si loin de chez elle, accompagnée d'un petit garçon qu'il
ne connaissait pas.

— Ohé! Jacqueline! lui cria-t-il, en passant : est-ce que
ta mère n'est pas avec toi ? Que diable! fais-tu ici dans le
bois à cueillir des fraises ou à ramasser des noisettes ?
C'est là un métier de fainéante, ma fille. Tu ferais mieux,

Ohé! Jacqueline, lui cria-t-il en passant

m'est avis, de blanchir ton linge, sous l'œil de Mme Maillard.

— Chaque chose a son heure, Monsieur Gros-Pierre! repartit Jacqueline, en le regardant en face avec l'assurance
d'une conscience tranquille : ma mère ne trouve pas mauvais que je me promène ici ou là, avec M. Antoine, qui
est notre bon ami et, de plus, mon maître, s'il vous plaît,

Monsieur Gros-Pierre. C'est que M. Antoine est un savant et que je suis en passe de devenir aussi une savante.

— Bon, bon ! ma fille ! reprit le maraîcher de la Courtille : je ne dis pas de mal des savants, mais ce n'est pas pour les gens comme nous que la science est faite. J'aimerais mieux te voir courir dans les champs avec un petit blanchisseur, qui aiderait ta pauvre mère à sa besogne, et qui finirait par t'épouser.

— M'épouser ! s'écria la jeune fille, en éclatant de rire ; vous savez bien, Monsieur Gros-Pierre, que je suis suis ma treizième année, depuis Pâques seulement? Entendez-vous, Monsieur Antoine! Voici M. Gros-Pierre qui pense déjà me donner un mari? Nous y songerons dans cinq ou six ans, Monsieur Gros-Pierre, et alors je viendrai vous demander conseil.

Antoine s'était tenu à l'écart, pendant cet entretien, où il se trouvait indirectement mis en cause. Il tournait le dos à M. Gros-Pierre, qui se rappelait confusément l'avoir rencontré plusieurs fois, aux environs des Marais Saint-Martin. Il ne parla que quand l'indiscret maraîcher de la Courtille l'eut salué d'un « Bonjour, Monsieur le savant ! »

— Il a raison, Jacqueline! dit Antoine, qui avait attendu, pour prendre la parole, que ce paysan malin et sournois se fût éloigné ; il a raison! Nous sommes à une demi-lieue de Belleville!... Si M. Gros-Pierre allait s'en plaindre à Mme Maillard ?

— Se plaindre à ma mère? interrompit Jacqueline : ma mère aurait bientôt fait de le mettre dehors. Ma mère n'aime pas les méchantes langues, et M. Gros-Pierre n'au-

rait pas le dernier mot avec elle. Cependant, Monsieur Antoine, ajouta-t-elle avec une douceur caressante, puisque
vous trouvez que M. Gros-Pierre a raison, nous ne ferons
plus d'aussi longues promenades, et nous ne serons pas
plus mal en ne sortant pas de Belleville.

Antoine revint, ce jour-là, soucieux et presque attristé,
chez son père. Ses relations continues avec M^{mo} Maillard
et sa fille duraient depuis plus de six mois, et si agréables
qu'elles fussent pour lui, si honorables qu'elles eussent
toujours été pour tous les trois, il se repentit de les avoir
cachées à son père, et les reproches qu'il s'adressait, en
s'exagérant ses torts, ne pouvaient que le conduire au
plus prompt aveu de sa faute. Les paroles de Gros-Pierre,
à Jacqueline, lui revenaient à l'esprit et lui donnaient ma-
tière à réfléchir : il n'était pas fier ni orgueilleux, mais
il n'avait jamais pensé que le but de ses espérances
devait être de devenir blanchisseur à Belleville. L'amitié
sincère qu'il avait pour Jacqueline et sa mère ne l'avait
jamais amené à prévoir qu'un mariage en pût être la conséquence naturel e. Jacqueline avait sans doute répondu
à propos, aux malicieuses suppositions de M. Gros-Pierre,
en lui rappelant qu'elle n'avait pas beaucoup plus de
douze ans et qu'une fille ne se mariait guère avant sa
dix-septième ou dix-huitième année. Cette idée de mariage,
à laquelle il n'avait pas encore songé, lui parut assez sérieuse, malgré son âge de treize ans, pour qu'il se décidât
sur-le-champ à tout avouer, à tout raconter à son père.

Jean Lochon, ce jour-là, était sorti de meilleure heure,
avec ses trois aides et deux charrettes, pour une grande
exécution qu'on avait criée la veille dans les rues de Pa-

11

ris. Cette exécution, qui comprenait plusieurs condamnés à la potence, ne devait se terminer que fort tard, et l'exécuteur avait négligé de prévenir son fils, qu'il ne fallait pas l'attendre avant sept heures du soir. Il était à peine quatre heures, lorsqu'Antoine, absorbé dans ses réflexions, s'engagea distraitement dans le chemin des Marais Saint-Martin, sans s'apercevoir qu'un homme le suivait à peu de distance et réglait son pas sur le sien. Cet homme n'était autre que le Gros-Pierre, qui avait laissé sa carriole en route et qui regagnait, à pied, son jardin de la Courtille.

Antoine était arrivé devant la petite porte, qu'il n'avait plus qu'à ouvrir pour rentrer dans la maison de son père. Il tira sa clef et la mit dans la serrure, sans avoir la précaution de regarder en avant et en arrière, comme son père le lui avait tant de fois recommandé, pour s'assurer que personne n'avait l'œil sur lui ; mais, au moment où il refermait la porte à double tour, après avoir fait son entrée dans la cour de la maison, il entendit une voix, qui ne lui était pas inconnue, jeter cette exclamation :

— Dieu me pardonne ! c'était le fils du boureau !

L'enfant n'eut pas à faire un grand effort de mémoire, pour se rappeler que cette voix était celle de Gros-Pierre, qu'il avait entendue, une heure auparavant, sur la lisière du bois de Ménilmontant. Il faillit s'évanouir d'émotion, et il s'appuya contre la porte pour ne pas tomber en défaillance, pendant que, de l'autre côté de cette porte, le Gros-Pierre, qu'on entendait murmurer : « Le fils du bourreau ! » essayait de regarder par le trou de la serrure et semblait vouloir de gré ou de force s'introduire

dans la maison. L'enfant tremblait de peur et croyait toujours entendre retentir à ses oreilles cette terrible exclamation : « Le fils du bourreau ! » Gros-Pierre ne s'éloignait pas : il poussait et secouait la porte, qui, par bonheur,
était bien fermée; il écoutait, l'oreille collée à cette porte; il
remettait l'œil au trou de la serrure. Il rôda autour de la
double enceinte de la maison, comme pour y chercher une
autre issue, qui n'existait nulle part. Ce n'est qu'à regret
qu'il se décida enfin à cesser cette enquête d'espionnage
et à poursuivre sa route.

Antoine n'avait couru aucun danger, mais il se sentit
soulagé d'un grand poids qui l'étouffait, quand le bruit
des pas de cet impudent espion alla toujours diminuant
et finit par s'éteindre tout à fait. Mais l'écho de la voix de
Gros-Pierre bourdonnait encore aux oreilles de l'enfant,
qui entendait toujours : « Fils du bourreau! » Était-ce
donc à lui que Gros-Pierre avait adressé cette injure
atroce ? Mais cette injure n'avait aucun sens, et il était
impossible de lui en donner un. Fils de bourreau ! N'était-il
pas le fils d'un homme honnête et respectable, qui l'avait
élevé dans les principes de la morale la plus austère et
la plus pure? Une pareille injure n'avait pas de sens ni de
portée. Le Gros-Pierre était un brutal, un malotru, qui ne
lui pardonnait pas d'être dans les bonnes grâces de
Mme Maillard, et qui l'avait insulté, pour se venger d'avoir
été repoussé par cette digne veuve qu'il prétendait épouser. Mais pourquoi *fils de bourreau?* — Antoine ne s'expliquait pas cette injure-là.

III

Antoine attendait son père et s'étonnait de ne pas le voir rentrer à l'heure ordinaire ; il n'avait pas eu le courage de monter dans sa chambre, pour y déposer son portefeuille de botanique ; il s'était assis, dans la cour, tout pensif et tout attristé ; il ne prenait pas garde à ses chiens qui s'étaient rangés autour de lui et qui l'observaient en silence, après avoir essayé de le distraire par leurs caresses ; il écarta brusquement ses chats, qui s'efforçaient d'attirer son attention par des miaulements plaintifs. Il avait hâte de voir arriver son père, pour lui faire toutes les confidences qu'il se reprochait de ne lui avoir pas faites plus tôt : il avait à cœur surtout de lui apprendre l'insulte incroyable qu'on avait osé adresser à son fils.

Ses regards se dirigeaient machinalement vers la porte qui avait servi autrefois de communication avec la maison voisine, mais qui était depuis longtemps condamnée et hors d'usage. Quelle fut sa surprise, en remarquant que cette porte était entr'ouverte ! Il ne l'avait jamais vue ainsi, et son étonnement céda la place à une profonde impression de terreur. Des malfaiteurs avaient-il pénétré dans la maison, par cette porte, qu'ils auraient laissée ouverte en se retirant ? n'étaient-ils pas

cachés dans quelque coin du logis, ou bien étaient-ils encore occupés à commettre leur vol ? Mais on n'entend aucun bruit, et Antoine aperçoit la servante muette, qui pré-
pare le dîner. Qui donc avait ouvert cette porte ? Pourquoi l'avait-on ouverte ? Antoine ne pouvait deviner que
les aides de l'exécuteur avaient eu besoin d'ouvrir cette

Quelle fut sa surprise en voyant que cette porte était entr'ouverte!

porte, pour faire passer *les bois de justice,* que l'on n'em-
ployait que dans les exécutions extraordinaires, et qu'il
n'était pas facile d'extraire des hangars, sous lesquels on
les avait entassés. Le travail avait été long et pénible, et
les aides, après l'avoir achevé à grand'peine, ne s'étaient
pas souvenus de refermer la porte, ordinairement condamnée, qu'ils avaient été forcés d'ouvrir, malgré l'ordre contraire de l'exécuteur.

Antoine, par un mouvement de curiosité naturelle, s'é-
tait levé pour voir quel était le local qui touchait à la maison de son père et dont il ignorait entièrement la nature
et la destination. Il se rappelait aussi le singulier entretien
qu'il avait entendu, un jour, en s'approchant de cette porte
toujours fermée à double tour et aux verrous. Il avait été
aussi souvent intrigué par les cris sauvages et les chants
grossiers, qui retentissaient quelquefois dans ce taudis
et que son père seul avait le pouvoir de faire cesser. Il
entra donc dans une cour assez vaste, environnée d'écuries et de remises, au-dessus desquelles régnait un galetas,
tas, dont la plus grande partie était occupée par des gre-
niers. On ne pouvait douter que, pour le moment, tous
les habitants de la maison ne fussent partis avec leurs
voitures et leurs chevaux.

Il ne restait, dans les écuries, qu'un cheval boiteux, et
dans les remises, qu'une charrette démantibulée. Mais on
voyait suspendus à la muraille certains ustensiles et
certains objets, dont il n'était pas aisé de préciser l'emploi:
des chaînes de fer, de différentes grosseurs; des carcans
de fer à charnières mobiles; des fouets à lanières de cuir,
et à cordelettes garnies de nœuds; des rouleaux de cordes,
des instruments tranchants, tels que haches, épées à deux
mains, lances, poignards, scies et cisailles ou ciseaux à
lames plates et finement aiguisées; puis, dans un coin, un
amas d'écriteaux portant l'indication de divers genres de
supplices, avec mention des crimes entraînant telle ou
telle pénalité.

La vue de ces écriteaux fut comme une révélation pour
Antoine, qui avait encore dans l'oreille et dans le cœur un

écho de cette mystérieuse injure : *Fils de bourreau.* Il ne
pouvait plus douter qu'il ne fût en présence de l'effrayant
appareil des exécutions de justice. Il se sentit frappé
d'horreur et ne songeait plus qu'à se retirer en toute
hâte, lorsqu'il distingua, sur la muraille, de grossiers dessins charbonnés par une main inhabile, représentant des
scènes de la justice criminelle : ici la potence, là le pilori,
ailleurs la pénalité du fouet, plus loin une scène de déca-
pitation, et d'autres scènes de même genre, grossièrement
esquissées. Puis, au-dessus et au-dessous, des inscriptions qui n'étaient que trop intelligibles, malgré les bi-
zarreries d'une écriture imparfaite et d'une orthographe
insuffisante : *tablo de justice. — Condanés à mort. — Mosieu
les Pandu. — No grande euvre. — Maître Jean Lochon. —
Moseu l'essescuteu. — Mosieue le bourau.* Antoine crut entendre le Gros-Pierre, qui lui criait encore : *Fils de bourreau!* Il était saisi d'un tremblement général et couvert
d'une sueur froide ; ses idées s'embrouillaient de plus en
plus, ses yeux se fermaient : il tomba sans connaissance,
en poussant un soupir étouffé.

Quand il ouvrit les yeux, quand il revint à lui, il était
couché, et son père le veillait en silence. Il eut un ressou-
venir de terreur et il s'agita dans son lit, en cherchant du
regard ces affreuses inscriptions qui s'étaient gravées en
sa mémoire. Tout brûlant de fièvre, il voulut se lever et
s'enfuir. Son père le retint, en pleurant, et l'empêcha de
sortir du lit. L'enfant était en proie à un trouble qui s'augmentait, au lieu de se calmer.

— Est-il vrai ? disait-il d'une voix étranglée et gémis-
sante.J'ai rêvé, j'ai vu ces choses-là! J'ai lu... Oui, c'était écrit

avec du sang ! Le Gros-Pierre avait lu cela, comme je l'ai
lu moi-même ! « Fils de bourreau ! Monsieur le bourreau !
Monsieur l'exécuteur ! Maître Jean Lochon ! » O père ! ce
Jean Lochon, n'est-ce pas toi ! Et moi, Antoine, ton fils qui
t'aime, qui te respecte, je serais donc le fils du bourreau !

Jean Lochon ne répondit pas et se cacha la tête dans
ses mains. Le délire, l'exaltation, la douleur, l'effroi, le
désespoir d'Antoine durèrent toute la nuit, malgré les
paroles de tendresse que son père lui adressait d'une
voix suppliante et lamentable, sans vouloir, sans pouvoir
répondre à ses questions sans cesse renaissantes et de
plus en plus impérieuses.

Enfin, le jour venu, lorsque le malade eut repris un peu
de calme, en s'accoutumant à la conscience de son malheur, le pauvre père n'eut plus la force de lui cacher toute
la vérité; il parla, il parla longtemps, sans que son fils, qui
le regardait avec des yeux secs et terrifiés, osât l'interrom-
pre; il avoua, dans cette espèce de confession obligatoire,
que c'était bien lui qui portait le nom de Jean Lochon ;
que c'était bien lui que le peuple nommait *le bourreau;* que
c'était bien lui qui remplissait les redoutables fonctions
d'exécuteur de la haute justice ; que ces fonctions lui
avaient été léguées, comme un héritage de famille, par
son père et par ses ancêtres, et que son fils devait inévita-
blement les accepter et les remplir après lui.

Le père parlait toujours, et Antoine ne répondait plus.
Il était tombé dans une morne stupeur, et la fièvre, une
fièvre dévorante, s'emparait de tout son être. Il fut,
pendant plusieurs jours, entre la vie et la mort, et dans
les accès de délire, que les tendres soins de son père ne

parvenaient pas à calmer, il répétait sans cesse : « Fils de bourreau ! » Son tempérament vigoureux triompha pourtant de cette longue crise, à la suite de laquelle il resta épuisé et brisé. Sa convalescence fut longue, et sa santé physique ne se rétablit pas complètement. Le moral était atteint chez lui, et il ne pouvait se soumettre à la terrible destinée que lui imposait sa funeste naissance.

Jean Lochon ne l'avait quitté que le moins possible depuis sa maladie, et quand il était absolument forcé de s'absenter pour les devoirs pénibles de son état, il confiait à un de ses aides la garde du petit malade, qui, pendant tout le temps que durait l'absence de son père, se tenait ramassé sur lui-même, la tête dans ses mains, se refusant à ouvrir les yeux et à prononcer une parole. Cependant, il finit par se résigner et même par accepter la situation qui lui était faite d'après la loi, ou du moins pour obéir à la Coutume de Paris ; il envisagea, comme un malheur nécessaire, inévitable, le triste privilège qui lui était échu par droit de naissance et qui le condamnait à exercer, après son père, l'office d'exécuteur des arrêts de la justice criminelle, quoique cet office eût toujours été considéré comme entaché d'infamie, et il s'était dit, pour prendre courage, que les lettres patentes qui nommaien l'exécuteur en titre d'office, étaient signées par le roi, contresignées par le chancelier de France et enregistrées au Parlement de Paris !

Jean Lochon, heureux du changement qui s'était produit dans l'esprit de son fils, que la loi lui donnait pour successeur naturel, n'eut pas trop de peine à le faire devenir témoin passif de ces exécutions, auxquelles il

devait tôt ou tard présider lui-même. L'enfant qui, dans le
cours de sa maladie, avait beaucoup grandi et qui s'était
tellement fortifié, qu'il avait l'air d'un jeune homme, accom-
pagnait son père, montait, avec lui et ses aides, dans la
charrette d'exécution, et y restait assis, derrière le capucin,
qui avait pour mission d'exhorter le patient et de le préparer à la mort. Ce voisinage touchant et solennel eut une
influence si puissante sur Antoine, qu'il participait aux
terribles émotions du malheureux, assisté, à ses derniers
moments, par le prêtre que la religion lui envoyait. Antoine joignait ses prières à celles du capucin et recommandait à la miséricorde de Dieu la victime que la loi inexo-
rable allait frapper pour l'expiation humaine. Le fils du
bourreau ne détestait plus la sanglante mission de son père,
mais il admirait, il enviait la mission consolatrice du confesseur des condamnés.

Un de ces jours d'exécution, la curiosité du public étai-
encore plus animée et plus impatiente qu'à l'ordinaire.
Cela tenait sans doute à la nature du crime, qui avait été
commis par le coupable que le glaive de la loi allait
frapper. Ce n'était pas seulement le peuple, qui se portait
en foule vers la place de Grève, pour se repaître de l'horrible spectacle du supplice ; c'était aussi une partie de la
société la plus aristocratique et la plus polie, qui ne crai-
gnait pas, à cette époque, de se dégrader elle-même, en
partageant les sauvages et brutales aspirations de la plus
vile populace, avide d'assister à l'agonie du supplicié. On
disait que toutes les fenêtres avaient été louées, à raison
d'un louis d'or par place. Aussi, les quais de la Seine
étaient-ils encombrés de monde, sur le parcours du lugu-

bre cortège de l'exécuteur. La circulation se trouvait partout interrompue, et il devenait impossible de traverser cette foule effervescente, à quiconque avait eu l'imprudence de se laisser envelopper par elle. Force était donc, pour en sortir, d'attendre la fin de l'exécution.

Les archers de la ville, qui précédaient et entouraient

Antoine assis derrière le capucin, dans la charrette du bourreau.

la charrette de l'exécuteur, avaient peine à lui frayer un passage, dans un endroit où la voie était entièrement interceptée par une voiture de blanchisseuse, qui ne pouvait ni avancer, ni reculer, au milieu d'un entassement inextricable d'hommes, de femmes et d'enfants, qui s'étaient mis en lutte contre la police pour garder la place qu'ils occupaient. De là, des cris, des injures, des plaintes, qui se mêlaient dans un murmure confus. Enfin, la voiture de blanchisseuse, qu'on eût volontiers jetée dans la rivière

pour s'en débarrasser, avait été enlevée à force de bras et
transportée près du parapet, où elle servait d'estrade à
une vingtaine de curieux, qui s'y étaient installés de vive
force, malgré la résistance des deux pauvres femmes, auxquelles appartenait cette malencontreuse voiture, admirablement disposée pour voir en face, non l'exécution,
mais le criminel et son cortège.

« Le voici ! le voilà ! » cria-t-on de toutes parts, et un
silence intermittent se fait de proche en proche, à mesure
qu'on distingue, au-dessus de cette ondulation de têtes et
de coiffures qui s'agitent en tous sens, l'exécuteur assis
entre ses deux aides et derrière eux le condamné, les mains
liées, écoutant d'un air effaré les exhortations de son confesseur, qui l'embrasse par intervalles, pour le réconforter
et surtout pour l'empêcher d'apercevoir la potence, qui se
dresse, avec son échelle, au centre de la place de Grève.
En arrière de la charrette, Antoine Lochon, impressionné
profondément par les émotions de cette terrible scène
dans laquelle il avait un rôle passif, mais figuratif, se
tenait debout à côté du vieux capucin à cheveux blancs,
qu'il secondait dans sa tâche douloureuse, en répétant à
demi-voix la prière des morts.

Tout à coup, un cri, un cri déchirant se fait entendre,
et presque aussitôt un cri de surprise et de désespoir lui
répond. Les deux femmes qui conduisaient la voiture de
blanchisseuse avaient été obligées de rester spectatrices
sur le passage du condamné : l'une d'elles, la plus jeune, a
fait le premier cri, le second est parti de la charrette même
de l'exécuteur. C'est Jacqueline Maillard, qui a reconnu
Antoine ; c'est Antoine, qui a reconnu Jacqueline. Celle-

ci est tombée évanouie dans les bras de sa mère. Antoine se détourne, couvre sa figure avec ses mains, et
s'affaisse dans la charrette, derrière le condamné qui
l'empêche d'être remarqué par personne. Mais Jean Lochon avait frémi d'inquiétude, au cri poussé par son fils, et
ne sachant pas quelle pouvait être la cause de ce cri qui
retentissait encore dans son cœur de père, il cherchait
des yeux Antoine, que lui cachaient le condamné et le
confesseur. Il crut, un moment, qu'Antoine s'était élancé
hors de la charrette, et peu s'en fallut qu'il ne s'élançât
aussi à la poursuite du pauvre enfant, qu'il supposait
capable de vouloir se jeter dans la Seine. Mais Antoine
est resté là, anéanti et désespéré : il verse des torrents de
larmes et continue à murmurer machinalement la prière
des morts.

— Mon enfant, consolez-vous ! lui dit le capucin. Nous
venons de gagner une âme à Dieu. La justice des hommes
n'aura qu'un misérable corps qui va tomber en poussière,
tandis que l'âme régénérée entrera dans la vie éternelle.

Antoine Lochon fut longtemps à se remettre de cette
poignante émotion : il avait perdu l'appétit et le sommeil; il
était sans cesse obsédé de lugubres images et de fantômes
sinistres ; il rêvait, dans une agitation et une anxiété per-
pétuelles ; il entendait, jour et nuit, des voix moqueuses
ou menaçantes qui l'appelaient : *Fils de bourreau*. Cependant, il était bien résolu à n'exercer jamais l'horrible
profession de ses aïeux, dût-il fuir au bout du monde et
se cacher dans un désert. Il l'avait déclaré formellement à
son père qui, n'espérant plus le faire changer d'avis, évitait
de l'entretenir d'un sujet que les circonstances pouvaient.

d un moment à l'autre, rendre plus impérieux et plus
redoutable. La santé de Jean Lochon s'altérant et s'affai-
blissant de jour en jour, le premier président de la Grand'-
Chambre du Parlement lui avait fait demander si son fils
ne serait pas bientôt capable de lui prêter secours dans
les choses de son ministère. Jean Lochon avait répondu
que son fils n'était encore qu'un enfant, âgé de 13 à 14 ans,
d'une constitution débile, sur lequel on ne devait pas
compter. Le premier président dit alors : « Qu'on fasse
savoir à l'exécuteur, qu'il est obligé, par les devoirs de sa
charge, de se choisir un successeur, de préférence dans
sa famille, et de préparer un élève qui puisse, au besoin,
le remplacer suffisamment. »

Antoine ne songeait plus même, comme auparavant,
à entrer dans les ordres et à se faire capucin, afin d'assister les condamnés à mort : il avait en horreur tout ce
qui lui rappelait, de près ou de loin, l'effroyable métier de
son père et de ses ancêtres, et il cherchait le moyen
d'échapper à ces affreux souvenirs. La botanique, l'histoire naturelle, qui avaient fait le charme de ses études, lui
étaient devenues indifférentes ; il ne regardait plus même
ses herbiers et ses livres ; quant à ses chiens, à ses chats,
à ses oiseaux, ils seraient morts, faute de soins, si la servante muette de la maison ne les avait pris en pitié et ne
les eût adoptés charitablement, comme de pauvres enfants abandonnés.

IV

UNE ERREUR DE LA JUSTICE

Un certain jour que Jean Lochon était sorti de bonne heure, sans doute pour vaquer à ses fonctions, qui lui étaient de plus en plus pénibles, en annonçant qu'il reviendrait assez tard ; Antoine profita de son absence pour réaliser un projet qui le tourmentait depuis la rencontre de Jacqueline Maillard aux abords de la place de Grève. Il se revêtit de ses plus beaux habits et il partit pour se rendre à Belleville. Il ne mit pas le pied hors de la maison, sans un violent battement de cœur, car sa dernière sortie remontait à plus de dix mois, et il ne s'aventura point dans les chemins déserts des Marais Saint-Martin, sans s'être assuré que le Gros-Pierre n'était pas là pour l'appeler : *Fils de bourreau*. Il était bien changé depuis ce temps-là ; il avait grandi et était presque un homme, quoiqu'il n'eût pas encore quatorze ans. Rien ne lui restait de sa belle humeur, de son gracieux sourire, de son air naïf et bienveillant : la tristesse était empreinte sur ses traits pâlis et plus accentués ; la souffrance morale se révélait dans son regard éteint, et son front soucieux, comme celu' d'un vieillard, se plissait sans cesse sous le poids de ses pensées.

Après une marche rapide et non interrompue, il arrive

devant la maison de Mme Maillard : les portes et les fenêtres étaient fermées, comme si elle fût vide d'habitants. On
ne voyait pas la moindre fumée s'élever du tuyau de la
cheminée, que la lessive faisait ordinairement fumer à
toute heure ; il n'y avait pas une seule pièce de linge, qui
séchât sur la corde dans le champ voisin, et la voiture de
la blanchisseuse n'avait pas laissé la trace de ses roues
sur le gazon de l'allée aboutissant à la grande porte
cochère de la basse-cour. Antoine eut un serrement de
cœur et il se dit, en soupirant, que Mme Maillard et sa fille
étaient allées porter leur linge à Paris.

— Si elles sont aujourd'hui à Paris, pensa-t-il, elles
peuvent se trouver encore en face de la charrette de l'exécuteur: elles ne m'y verront plus et l'idée leur viendra
peut-être que je suis mort de chagrin.

Il frappa, cependant, à la petite porte, qu'il avait vue si
souvent s'ouvrir devant lui ; il frappa doucement, timidement, puis il s'enhardit, par la certitude qu'on ne lui ré-
pondrait pas, et frappa plus fort et encore plus fort. Il
entendit gronder et gémir le chien de garde, qu'il avait
donné à Mme Maillard, pour la sûreté de sa maison ; ce
chien, qui l'avait reconnu et qui flairait aux fentes de la
porte, se mit à geindre avec des petits aboiements joyeux.
Antoine avait cessé de frapper et il attendait en silence,
avant de se retirer, en se promettant tout bas de revenir le
plus tôt possible.

— O mon Dieu ! dit une voix, qu'il n'espérait plus entendre; est-ce donc que ce serait vous, Monsieur Antoine?

— C'est moi, Mademoiselle Jacqueline, reprit-il tout

tremblant de joie. Vous connaissez donc encore ma voix, Jacqueline ?

Elle ne répondit pas, mais ses sanglots étouffés parlaient pour elle. Le chien aboyait franchement et sautait après la porte, en réclamant ainsi qu'elle fût ouverte le plus vite possible ; mais Jacqueline n'ouvrait pas et n'osait ouvrir.

— Je suis seule à la maison, dit-elle en baissant la voix. Oh ! je ne croyais pas vous revoir jamais ! Eh ! dans quel moment vous reverrai-je ! ajouta-t-elle avec un redoublement de sanglots.

— N'avez-vous pas compris que j'avais besoin de m'expliquer avec vous, avec votre mère ? murmura-t-il à demi-voix. Ne m'attendiez-vous pas tous les jours, surtout depuis cette redoutable rencontre....

— Il n'y a plus rien de commun entre nous, Monsieur Antoine, dit-elle en s'efforçant d'avoir un peu d'énergie et de volonté. Si ma pauvre mère était ici, vous savez bien qu'elle ne vous recevrait pas ! Vous savez bien que tout est fini entre nous, et que nous ne devons plus vous reconnaître... Adieu, Monsieur Antoine, adieu !

— Je vous en prie, Jacqueline, ouvrez-moi ? reprit-il d'un ton gémissant. Avez-vous peur de moi ? Oubliez-vous que j'ai été, que je suis votre meilleur ami ?... Ouvrez-moi, je vous prie : il faut que je vous parle pour la dernière fois !

Et la porte s'ouvrit, et Antoine Lochon entra dans la maison, sous les caresses du chien qui lui léchait les pieds et les mains. Jacqueline s'était retirée en arrière et ne prenait pas la main qu'Antoine lui avait offerte.

— Je ne suis pas ce que vous croyez, dit-il avec un sentiment de fierté blessée ; j'avais à cœur de vous l'apprendre. Vous m'appellerez, comme le **Gros-Pierre**, *fils de bourreau*, mais tenez-vous pour assurée que je ne veux pas être, que je ne serai jamais exécuteur de la justice criminelle, jamais, je vous le jure!

Jacqueline ne répondait pas encore, mais elle avait accepté la main d'Antoine et elle la serrait convulsivement dans la sienne. Antoine la conduisit dans une chambre de la blanchisserie et la fit asseoir près de lui.

— J'ai été bien malheureux, depuis que j'ai cessé de vous voir, ma chère Jacqueline, lui dit-il avec amertume. Je rougissais de moi-même, vis-à-vis de vous, et j'ai failli en mourir, quand j'ai appris que je ne pouvais plus fréquenter votre maison, et que ma naissance me rendait indigne de votre amitié.... Mais où donc est votre mère ? Ne va-t-elle pas bientôt venir, pour que je m'explique et me justifie devant elle, comme devant vous ? Je vais m'en aller loin, bien loin d'ici, n'importe où, pourvu que personne ne sache que je suis le fils de l'exécuteur ; j'ai voulu vous voir une fois encore et vous déclarer que jamais je n'accepterai l'héritage infamant de mon malheureux père.... J'attends donc Mme Maillard....

— Hélas ! Antoine, repartit Jacqueline avec une reprise de pleurs et de sanglots, vous l'attendriez longtemps, la pauvre femme !

— Quoi ! Mme Maillard ?.... s'écria Antoine, qui s'imagina que Jacqueline n'avait plus de mère. Morte ! morte, ô ciel !

— Non, ma digne et chère mère est vivante, dit la jeune fille avec un morne désespoir, mais voilà quinze jours qu'elle n'est plus avec moi : on est venu me l'enlever, un matin, pour l'emmener en prison.

— En prison? répéta Antoine consterné et désolé. En prison, Mme Maillard? C'est impossible !

— Vous seriez le premier à la défendre, la brave femme ; vous la connaissez, vous, et vous savez qu'elle est incapable d'une mauvaise action ! Oui, mon ami, ma mère est en prison, et on l'accuse d'un crime, qu'elle n'a pas commis, qu'elle serait dans l'impossibilité de commettre !

— Un crime ! un crime ! répétait Antoine. C'est impossible ! Mais, par bonheur, la Justice est là pour protéger les honnêtes gens. Et pourtant Mme Maillard est en prison, depuis quinze jours ?

— Et Dieu sait combien elle y restera encore ! ajouta Jacqueline, dont les pleurs coulaient abondamment. J'espérais tous les jours qu'on me rendrait ma mère ; je l'attendais, à tout moment.... Mais, à présent, je n'ose plus l'attendre, je n'ose plus espérer ! On me dit qu'elle sera mise en jugement....

— En jugement? Pourquoi? interrompit Antoine, avec colère. On juge donc aujourd'hui les innocents? En jugement ! Mais qu'a-t-elle fait ? Que peut-on lui reprocher? Vous avez parlé de crime? Quel crime?

— On l'accuse d'avoir émis de la fausse monnaie, en complicité avec de faux-monnayeurs.

— Vous êtes donc en rapport avec de faux-monnayeurs? demanda Antoine, étonné d'une pareille accusation. Il y a donc eu de la fausse monnaie émise par l'intermédiaire de votre mère?

— Sans doute, mais le plus loyalement, le plus inno-

cemment du monde. Moi-même, à mon insu, j'ai con-
tribué à l'émission de cette fausse monnaie, comme je
l'ai déjà dit au commissaire qui est venu faire ici une descente judiciaire. Ce commissaire n'a pas voulu m'arrêter
avec ma pauvre mère ; il s'est contenté de me rire au nez
et de m'imposer silence, en m'annonçant qu'il viendrait
sans doute me chercher plus tard ; mais il n'a pas reparu,
et personne n'a tenu compte de mes protestations.

— C'est bien étrange, Jacqueline ! reprit Antoine, qui ne
s'expliquait pas l'accusation dont Mme Maillard avait été
l'objet. On n'a pas de fausse monnaie, je n'ai jamais vu
de fausse monnaie. Comment en aviez-vous ? Qui vous
l'avait donnée ? Pourquoi en avez-vous fait usage ?

— O mon Dieu ! il ne nous manquait plus que ce malheur ! s'écria Jacqueline, en pleurant ; vous aussi, vous
avez l'air de nous accuser, puisque vous doutez de notre
innocence !

— Dieu m'en garde, ma chère Jacqueline... Mais, si je
puis vous être utile et contribuer à votre défense, il faut
que je sache de point en point comment la chose a pu se
faire. Dites-moi la vérité, la vérité tout entière, comme
vous la diriez à votre confesseur, au lit de mort !

— Il y a un mois environ, raconta la jeune fille avec
une touchante simplicité, nous revenions de Paris, ma
mère et moi, dans notre carriole, qui était pleine de linge à
blanchir. Vous saurez que nos affaires allaient à merveille depuis cinq ou six mois et que nous gagnions beaucoup. Ma mère avait touché, ce jour-là, une assez bonne
somme d'argent, que lui devaient ses pratiques. Elle avait
bien deux cents francs en argent blanc, dans son sac. Il se

faisait tard, et la nuit nous avait prises en route. Nous passions par la Courtille du Temple, pour arriver plus tôt chez nous. Voilà que nous entendons la voix du Gros-Pierre.... Vous vous rappelez le gros Pierre, qui nous a fait une si méchante algarade dans le bois de Belleville, la dernière fois que je vous ai vu, Monsieur Antoine ? Gros-Pierre n'était pas seul : un homme se trouvait avec lui. Mais ma mère connaissait Gros-Pierre et ne s'inquiéta pas de cet homme qu'elle ne connaissait pas. Quant à moi, j'étais assoupie au fond de la voiture et ne pensais pas à mal, puisque je rêvais de vous, Monsieur Antoine. Le gros Pierre demande à ma mère si elle avait fait une bonne recette ; ma mère répond que ses pratiques l'ont payée de tout l'arriéré et qu'elle rapporte au logis une somme assez ronde. « Eh bien! la mère, lui dit Gros-Pierre, avec son rire d'habitude qui m'éveilla à moitié, voici qu'on me propose un marché que je vous cède de bon cœur. Ce brave homme que voilà, et qui s'en retourne à Pontoise, a vendu ses veaux à la grande Boucherie du Châtelet, mais on l'a payé en or, et comme l'or n'a pas cours dans son pays, il voudrait changer son or contre de l'argent blanc. C'est donc un beau change à gagner, et vous l'offre de bon cœur, la mère ? » Ce n'était ni l'heure ni le lieu, sans doute, de faire des échanges de monnaies, mais le Gros-Pierre était là pour servir de caution à son homme, et ma mère n'eut pas le moindre soupçon : elle compta son argent, à la clarté de la lanterne de notre voiture; c'étaient environ deux cents livres en toute espèce de monnaie blanche. L'homme de Gros-Pierre tira de sa poche dix louis d'or, de vingt-quatre livres chacun, ce qui faisait deux cent quarante francs, et il les remit à ma mère contre deux cents livres d'argent blanc, en disant que la différence était le prix du change ou de l'escompte. L'homme se retira avec gros Pierre, en nous souhaitant le bonsoir. Ma mère n'avait jamais eu tant de belles pièces d'or ; elle les serra, en entrant, dans un petit coffre, et elle disait que ce serait pour ma dot.... Bon Dieu ! ma dot ! Je n'y songeais guère, Monsieur Antoine, car je ne me marierai jamais, Monsieur Antoine ! Ma mère eut besoin d'acheter de l'avoine pour son cheval : elle paya en or. Le maçon releva la cheminée de notre étuve, que le grand vent avait jetée par terre : encore une pièce d'or ; nous eûmes à payer l'impôt : le percepteur eut aussi un de nos louis. Le reste a été saisi dans le coffre où nous le gardions, quand on vint faire les recherches à la maison et arrêter ma mère, qui est aussi innocente que moi et que vous-même.

— Ne savez-vous pas, Jacqueline, si on a aussi arrêté le gros Pierre ? dit Antoine, qui était devenu pensif et qui avait pris un air triste et sérieux. C'est à lui seul de justifier votre mère.

— Ma mère ne l'a pas nommé, pour ne pas faire de peine à une ancienne connaissance, répondit Jacqueline. Je suis allée deux fois chez lui, depuis l'arrestation de ma mère, et je ne l'ai pas trouvé. Il était parti en voyage, et l'on ne savait quand il reviendrait. Il faudra bien qu'on le retrouve...

— On le retrouvera, je vous le jure, s'écria Antoine, et on vous rendra votre malheureuse mère, qui n'a pas eu d'autre tort que de se fier à un malhonnête homme. Adieu, bonne Jacqueline ! A bientôt, j'espère, avec de meil leures nouvelles de Mme Maillard, qu'on ne tardera pas à nous rendre.

Antoine Lochon n'était pas haineux ni vindicatif, mais il ne pardonnait pas au gros Pierre de l'avoir grossièrement insulté, en l'appelant *fils de bourreau,* et il se proposait bien de lui dire en face qu'un fils de bourreau pouvait avoir affaire aux faux-monnayeurs. Il alla droit à la Courtille et il n'eut pas de peine à trouver la *culture* de Gros-Pierre, qui était bien connu dans ce quartier depuis longtemps, mais Antoine n'y trouva pas le Gros-Pierre, qui s'était absenté, la veille du jour où Mme Maillard avait été conduite en prison. C'en fut assez pour confirmer les soupçons que le récit de Jacqueline avait fait naître dans l'esprit d'Antoine. Celui-ci revint chez son père, avec la résolution bien arrêtée de ne pas abandonner la pauvre Mme Maillard, mais encore incertain de la conduite qu'il devait tenir pour lui venir en aide.

Il était si préoccupé et si attristé à ce sujet, que son père, qui rentrait en même temps que lui, ne put s'empêcher de lui demander, avec inquiétude, avec tendresse, la cause du trouble moral que le brave garçon ne pouvait dissimuler. Antoine ne répondit que par des larmes. Jean Lochon, ému par cette douleur silencieuse, le conjura de parler et ne lui laissa pas de répit qu'il n'eût obtenu l'entière confidence de son chagrin. Le cœur s'ouvre si vite aux consolations qu'on vient lui offrir ! Antoine raconta naïvement toute l'histoire de la connaissance qu'il avait faite, par hasard, de Mme Maillard et de sa fille, connaissance qui avait amené entre eux, depuis plus de quinze mois, des relations de sympathie et d'amitié. Il ne cacha

pas comment ces relations avaient été interrompues tout
à coup par un hasard douloureux qui semblait les avoir
fait cesser pour toujours. Ses pleurs recommencèrent à
couler, quand il entama le récit de l'entrevue qu'il avait
vue, le jour même, avec Jacqueline Maillard, après une
absence forcée de part et d'autre : il représenta la pénible position de cette jeune fille, à qui la Justice avait
enlevé sa mère et qui restait seule, sans parents et sans
amis, sans soutien et sans secours. Jean Lochon avait
gardé le silence, mais, plus d'une fois, il porta la main à
ses yeux, comme pour essuyer une larme.

— Que va-t-elle devenir, cette malheureuse enfant ?
s'écria Antoine. Quand lui rendra-t-on sa mère, sa mère
innocente, retenue en prison, pour être jugée comme une
criminelle ?

— C'est une bien grave accusation, dit l'exécuteur en
branlant la tête. La loi est implacable contre les faux-
monnayeurs et leurs complices, quels qu'ils soient. Les
faux-monnayeurs sont condamnés au dernier supplice, et
ceux qui les aident dans leur coupable industrie, en faisant circuler de la fausse monnaie, peuvent être punis de
la peine du fouet, des galères et de la prison perpétuelle.
Mais je veux bien croire que la femme Maillard n'a pas
été d'intelligence avec de faux-monnayeurs.... Cependant,
ne connaissait-elle pas ce Gros-Pierre, qui lui a fait
échanger de la monnaie d'argent bonne et valable contre de
la fausse monnaie d'or ? Tu m'as dit, n'est-ce pas, qu'elle
le connaissait ?

— Elle ne le connaissait pas, répliqua vivement Antoine,
puisqu'elle le tenait pour un honnête homme.

— Rien ne prouve encore qu'il ne le soit pas, repartit Jean Lochon. Il y a seulement, il peut y avoir des présomptions contre lui. La prévenue aura bien de la peine à sortir de prison, avant qu'on ait retrouvé ce Gros-Pierre et son compagnon, qui changeait des louis faux contre de la monnaie de bon argent.

— Il faudra bien qu'on les retrouve l'un et l'autre, murmura Antoine : on les retrouvera, je vous le jure, et je vais me mettre de telle sorte à leur poursuite, que je les découvrirai, fussent-ils cachés dans leur atelier de faux-monnayeurs !

— Ce n'est pas ton affaire, dit l'exécuteur, c'est l'affaire de la Justice qui ne s'endort pas, lorsqu'il s'agit de découvrir un coupable. Il ne nous appartient pas, Antoine, de nous mêler de ces sortes de choses.

— Je m'en mêlerai si bien, reprit Antoine avec une énergie et une fermeté qui étaient au-dessus de son âge, que je n'aurai pas de repos que le Gros-Pierre ne soit dans les mains de la Justice et que Mᵐᵉ Maillard n'ait été mise en liberté !

— Hélas ! mon ami, nous n'en sommes pas là ! dit Jean Lochon. Certes, on trouvera tôt ou tard le Gros Pierre, dont le rôle est au moins suspect dans cette affaire, mais la pauvre femme Maillard est, en attendant, sérieusement compromise, fût-elle innocente ou coupable.

— Est-il possible que vous ayez des doutes à cet égard ! Ne vous ai-je pas convaincu de son innocence ?

— Il n'y a pas d'innocence, tant que la Justice n'a pas prononcé ! objecta Jean Lochon, avec un air glacial.

— Que voulez-vous dire ? s'écria Antoine, frappé d'un redoutable pressentiment. Vous m'épouvantez ! Au nom du Ciel! Savez-vous quelque chose sur le sort de cette malheureuse femme, si digne d'intérêt et de pitié ?

— Je la plains de tout mon cœur, si elle est innocente, répondit Jean Lochon en poussant un soupir : je la plains, comme tu la plaindras toi-même, en apprenant qu'on doit lui faire subir, dans deux jours, la question préparatoire, afin de la contraindre à faire des aveux.

— La question préparatoire! répéta d'une voix sourde Antoine, qui ne comprenait pas le sens de ces mots, mais qui en pressentait la menaçante signification. Qu'est-ce que cette question préparatoire qu'on fait subir à l'accusée?

— C'est la question ordinaire qui précède le jugement, dit Jean Lochon avec le calme et la solennité d'un docteur qui discute un point de droit. C'est une petite question, qu'on peut supporter sans de trop grandes souffrances ; elle se compose, d'ailleurs, de plusieurs sortes de tourments qu'on applique, selon l'âge, le sexe, la condition et le caractère du patient. Il y a d'abord les brodequins en fer ou en bois, qui compriment les genoux et qui écrasent les os des jambes ; il y a ensuite l'extension des membres, à l'aide du chevalet et des cordes à nœuds ; il y a encore le supplice de l'eau qu'on fait avaler….

— Mais tout cela est horrible, infâme, abominable! interrompit Antoine, indigné et désespéré. Ce sont des inventions infernales! Les juges ne sont pas des hommes! Ils n'ont ni cœur, ni entrailles! ils ne valent pas mieux que les bourreaux !

— Malheureux enfant! dit l'exécuteur, avec une douleur concentrée : as-tu bien le courage d'outrager ton père !

— Pardonnez-moi ! répondit Antoine, en gémissant : pardonnez-moi, mon père ! J'oubliais que je parlais devant vous…. Mais rendez-vous compte de mon désespoir, à l'idée de cette digne et honnête femme, qu'on veut martyriser, avant de savoir si elle est coupable et même en sachant bien qu'elle ne l'est pas !….

— Est-ce ma faute à moi, répliqua avec amertume Jean Lochon, est-ce ma faute, si nos aïeux nous ont légué l'infamie héréditaire de leur effroyable profession ?… Que n'ai-je pas fait pour te la laisser ignorer le plus longtemps possible ?… Je m'explique l'horreur que je t'inspire, cher enfant, et je meurs de honte devant toi !

— Père, je n'ai pas le droit de vous adresser un reproche, dit Antoine qui alla embrasser son père : vous avez toujours été pour moi le meilleur des pères… Dieu soit loué ! je ne suis pas, je ne serai jamais un mauvais fils !

Antoine alla se renfermer dans sa chambre. Son père l'entendit gémir et sangloter, toute la nuit ; mais il ne se sentit pas la force de venir le consoler et de partager sa douleur : il pleura en silence et pria.

Le lendemain, quand le père et le fils se retrouvèrent ensemble, osant à peine se regarder l'un l'autre, comme s'ils craignaient de s'offenser, de s'affliger mutuellement, en se faisant part des sentiments réciproques qu'ils avaient dans l'âme, ils étaient pourtant intéressés tous les deux à reprendre l'entretien de la veille, à l'endroit où ils l'avaient quitté, d'un commun accord.

— Antoine, dit le père, j'ai pensé à cette jeune fille qui se trouve seule et abandonnée, en l'absence de sa mère ?

Si ta mère vivait encore, je t'aurais prié d'aller chercher cette orpheline et de l'amener ici....

— Orpheline ? reprit Antoine : elle ne l'est pas encore, elle ne le sera pas ! Mais, tout en vous remerciant, pour elle, de votre généreuse intention, je n'oserais m'exposer à un refus dédaigneux et presque outrageant. Merci, au nom de Jacqueline !... Père, ajouta-t-il en hésitant, qui donc est chargé de donner la question préparatoire ?

— Mon fils, répondit froidement Jean Lochon, l'exécuteur des arrêts de la justice criminelle obéit aux ordres qu'il reçoit de M. le président du Parlement.

— En ce cas, c'est vous qui devez appliquer à la question préparatoire la pauvre femme, dont je crois déjà entendre les cris de douleur....

— Vous les entendriez vous-même, demain, à midi, si vous aviez assez de force d'âme pour m'accompagner...

— Vous accompagner ? Assister à ce supplice inique et barbare ? Moi, mon père, moi, être témoin, grand Dieu !...

— Écoute, Antoine, et renferme dans ton sein le secret que je vais te confier. La question se compose sans doute des plus cruels, des plus atroces tourments, mais retiens bien ceci, mon cher enfant : l'exécuteur, un exécuteur habile, peut diminuer, atténuer, réduire à peu de chose les souffrances, qu'il est chargé de faire éprouver au patient...

— Est-il vrai ? est-il possible ? ô ciel !... Quoi ! vous pouvez, sans qu'on s'en aperçoive, rendre presque supportables, dites-vous, les tourments qu'on fait subir à des malheureux, pour les contraindre à se déclarer coupables de crimes qu'ils n'ont pas commis...

— Je t'ai livré un secret, dont ma vie peut dépendre.

Es-tu capable de le garder ? Que ne ferais-je pas, Antoine, pour que tu ne maudisses point ton père ?... Réfléchis bien à ma proposition, réfléchis jusqu'à demain. Il faut que tu m'accompagnes, il faut que tu me secondes, et non seulement la femme Maillard n'éprouvera aucune douleur, mais encore elle pourra être mise en liberté, au sortir de la question préparatoire.

— Elle ne souffrirait pas ! elle serait mise en liberté ! murmurait Antoine, en se parlant à lui-même.

— Un mot encore, dit Jean Lochon. Le tourmenteur-juré, que le tribunal a placé sous mes ordres pour appliquer les prévenus à la question préparatoire ; cet officier de basse justice est malade à la mort. Force est donc de le remplacer, et c'est toi qui le remplaceras, c'est toi qui m'aideras, cher enfant, à modérer, à supprimer les horreurs de la torture. Je t'apprendrai, demain, ce que tu auras à faire, mais tu auras besoin de tout ton courage, de toute ta prudence, car ma vie et la tienne sont maintenant entre tes mains.

— Père, brave et digne père ! s'écria Antoine, touché jusqu'aux larmes : vous avez un noble cœur, un grand cœur !

Les apprêts de l'affreuse cérémonie du lendemain furent aussi pénibles pour l'un que pour l'autre : il fallut que le père apprît à son fils tout ce qu'il aurait à faire, comme suppléant du tourmenteur-juré, dans les différents actes de la question de l'eau ou des brodequins. Jean Lochon répondait de tout, pourvu que son fils eût l'adresse d'avertir la patiente, qu'elle n'aurait presque pas à souffrir et qu'elle devait cependant redoubler ses plaintes et ses cris, durant la question, comme si elle souffrait à en mourir.

V

L'HONNEUR PROFESSIONNEL

Toutes les dispositions prises, en vue d'une ingénieuse supercherie, qui avait pour but d'épargner à Mme Maillard les souffrances intolérables de la question, Jean Lochon se rendit, avec son fils, à la Conciergerie du Palais, où il apprit, en arrivant, qu'il devait donner la question à l'eau; il fit à la hâte les préparatifs nécessaires, dans une salle basse, qu'on nommait *la Chambre de la question,* et comme il était seul avec Antoine, il put lui communiquer les dernières instructions, en remplissant quatre *coquemars* ou grands pots de cuivre à anse, contenant chacun quatre ou cinq litres d'eau, qu'on aurait à verser lentement, presque goutte à goutte, dans la bouche ouverte de la prévenue.

— Aie bonne contenance, laisse-moi faire, et n'y regarde pas de trop près, dit-il à Antoine. Charge-toi seulement de faire entendre à la patiente qu'elle n'arrête pas de geindre et de gémir, de se lamenter, de crier de toutes ses forces, en invoquant Dieu et tous les saints du paradis, sans répondre un traître mot aux interrogations du juge et sans cesser, toutefois, de protester de son innocence.

— Père! dit à voix basse Antoine, en soulevant un des coquemars pleins d'eau : pensez-vous donc faire boire cette eau-là à cette pauvre femme ?

— Silence ! interrompit Jean Lochon, avec autorité :
ceci me regarde ! Il faut seulement que la patiente soit
avertie, et c'est là ton affaire... Malheur à nous, si quelqu'un pouvait soupçonner ce que je vais faire pour toi,
pour toi seul, Antoine !

Le juge, en robe noire, arrivait avec son greffier, pendant que l'exécuteur allumait dans la vaste cheminée un
grand feu, qui dégagea sur-le-champ une énorme chaleur.

Le juge, avec son greffier, arrivait.

Le juge et le greffier prirent place devant une table,
à l'extrémité de la salle, tandis que Jean Lochon établis-
sait, auprès du foyer, sur les dalles déjà brûlantes, un matelas couvert de vieux cuir noir. C'était sur ce matelas
que l'accusée devait être couchée, pour subir la question de l'eau.

Antoine restait immobile, le visage pâle et con-
tracté, ayant peine à se soutenir et prêt à perdre le sentiment, avant même que la terrible épreuve à laquelle il allait être soumis eût commencé. Il n'avait pas même re-

marque que son père étendait sous le matelas de cuir un sac de toile, qui ne contenait que des éponges destinées à absorber toute l'eau qui viendrait à tomber hors du matelas.

Un son de cloche retentit sous les voûtes des corridors souterrains qui conduisaient à la Chambre de la question, et la patiente fut amenée par deux geôliers, qui la tenaient sous les bras et qui se retirèrent aussitôt en la livrant à l'exécuteur. Mme Maillard avait été revêtue, pour la question, d'une longue robe en grosse toile cirée de couleur grise, qui l'enveloppait de la tête aux pieds assez étroitement, de telle sorte que la tête était à demi cachée sous un capuchon et que les jambes nues se trouvaient enfermées dans une espèce d'étui qui les empêchait de se mouvoir. L'exécuteur s'empara d'elle, la coucha sur le matelas, en l'exposant ainsi à la chaleur du foyer, et l'attacha au matelas à l'aide de courroies bouclées qui ne lui permettaient de faire aucun mouvement.

C'est alors qu'Antoine s'agenouilla près du matelas et fit semblant d'aider le travail de l'exécuteur, mais il se pencha doucement à l'oreille de Mme Maillard, qui l'avait reconnu et qui fixait sur lui des regards terrifiés.

— C'est moi ! lui dit-il tout bas. Je suis venu pour vous sauver. On ne vous fera pas de mal, mais plaignez-vous, gémissez, criez tant que vous pourrez, en ne répondant que par oui et non à l'interrogatoire, et même en n'y répondant pas du tout.

Le juge avait fini de préparer son procès-verbal. La question pouvait commencer ; il en donna le signal, et l'exécuteur, entr'ouvrant la bouche de la patiente, avec le

pouce et l'index de la main gauche, y fit couler goutte à
goutte l'eau d'un coquemar, qu'il avait pris de la main
droite et qu'il tenait élevé en l'air au-dessus de la tête
de Mme Maillard.

Celle-ci n'eut pas plutôt éprouvé la sensation insupportable et irritante du liquide versé de haut dans son gosier,
qu'elle fit mine de s'agiter douloureusement, en poussant

.a patiente fut amenée par deux geôliers qui la tenaient sous les bras,

des soupirs, puis des gémissements et des cris entre-
coupés. Antoine se détournait pour ne pas voir cet odieux
spectacle, quoiqu'il eût confiance en la parole de son père.
En effet, l'exécuteur avait accéléré la chute de l'eau qui ne
tombait plus dans la bouche de l'accusée, mais à côté d'elle,
de manière à ruisseler sous le matelas, où cette eau était
absorbée par une litière d'éponges.

13

— Cinq minutes d'arrêt entre le premier et le second coquemar d'eau ! dit d'une voix sourde Jean Lochon, qui remit à son fils le coquemar vide, dont Mme Maillard avait à peine avalé quelques gorgées.

— Accusée, dit le juge avec un accent sardonique, persistez-vous à nier que vous ayez eu des rapports de complicité avec des faux-monnayeurs? Vous refusez-vous à faire connaître à la Justice les noms de ces faux-monnayeurs ?

Mme Maillard, qu'Antoine encourageait du regard, ne répondit que par des plaintes étouffées, que dominait le bruit mesuré du balancier de la vieille horloge de bois, qui marquait les temps d'arrêt de la question. Antoine se faisait violence, pour rester calme et paraître indifférent. Mme Maillard le regardait avec des yeux humides de larmes.

— Écrivez, greffier, dit le juge en bâillant : l'accusée n'ayant pas voulu répondre et faire des aveux à la Justice, la question continuera. Exécuteur, ajouta-t-il, vous pouvez faire vite, car nous avons commencé un peu tard.

— Je jure devant Dieu, cria l'accusée qui venait d'apercevoir un grand crucifix attaché au mur, je jure devant Dieu, que je suis innocente de tout ce dont on m'accuse et que je n'ai jamais connu de faux-monnayeurs

Jean Lochon s'était pouvu d'un second coquemar, et les lamentations de Mme Maillard se renouvelèrent avec plus de violence, sans qu'une goutte d'eau fût tombée dans sa bouche.

— Dix minutes d'arrêt entre le second et le troisième coquemar d'eau ! cria l'exécuteur.

La porte de la salle s'ouvrit, et un huissier du Palais, qui apportait une lettre, la remit au juge, de la part du premier président. Le juge la décacheta et la parcourut, en retenant à peine ses bâillements.

Cette lettre lui annonçait que le nommé Gros-Pierre, jardinier-maraîcher à la Courtille, venait d'être arrêté et incarcéré à la Conciergerie ; la question préparatoire de la femme Maillard était suspendue et remise à plus ample informé. Le juge, après avoir fait clore le procès-verbal de la séance, ordonna la réintégration de l'accusée dans la prison. Les deux geôliers reparurent et la transportèrent dans leurs bras hors de la Chambre de la question.

Jean Lochon se hâta de faire disparaître les traces de la fraude, qu'il avait commise dans l'exercice de ses devoirs d'exécuteur : il étancha l'eau qui s'était accumulée sous le matelas, vida les coquemars dont le contenu n'avait pas été employé, et remit en place les tristes ustensiles de son métier, qu'il se reprochait d'avoir exercé malhonnêtement pour la première fois de sa vie. Il était absorbé dans de pénibles réflexions, soupirait par intervalles, et ne disait mot. Son fils, qui n'osa pas lui adresser la parole, le considérait avec inquiétude et mélancolie.

— Antoine, dit Jean Lochon après leur sortie du Palais, j'ai fait pour toi ce que je n'aurais pas fait pour le roi lui-même.... Mais j'ai manqué à mon serment, j'ai commis une mauvaise action, je ne me la pardonnerai jamais, jamais !

— Père, répondit Antoine, vous avez fait une bonne action, si vous avez aidé à sauver une femme innocente.

— N'importe, c'est une forfaiture qui me déshonore, reprit l'exécuteur. Il n'y a pas eu dans notre famille un pareil manquement aux devoirs de notre profession. N'avais-je pas prêté serment devant monseigneur le Chancelier, en déclarant que je ne me laisserais séduire, ni par prières, ni par dons, ni par quelque cause que ce soit ? J'ai donc forfait à mon honneur et à celui de mes ancêtres : il faut que j'en porte la peine.

Jean Lochon, en parlant ainsi, était si accablé, si sombre et si chagrin, que son fils s'abstint de lui demander ce qu'il pensait de l'affaire de Mme Maillard, et si cette malheureuse femme serait bientôt rendue à sa fille, par suite de l'arrestation du Gros-Pierre. Antoine retourna encore voir Jacqueline, qu'il trouva moins découragée et moins désolée que lors de sa dernière visite. Elle avait su, par ouï-dire, que plusieurs habitants de Belleville avaient déposé en faveur de sa mère devant le commissaire du quartier et que ces témoignages honorables paraissaient devoir peser sur les décisions de la Justice. Cependant ces bonnes nouvelles, qui avaient mis un peu d'espoir dans le cœur de Jacqueline, dataient du jour même où l'accusée avait été présentée à la question préparatoire. Antoine se garda bien de faire allusion à la terrible scène dans laquelle il avait joué un rôle actif et bienfaisant.

— Je serais si heureux, dit-il, de vous annoncer que vous allez revoir votre bonne mère !

— Et vous, Antoine, dit-elle, me promettez-vous que vous viendrez encore nous voir, quand ma mère sera ici ?

— Certainement, reprit-il en affectant de sourire, je ne partirai pas sans vous avoir fait mes adieux.

— Vos adieux, dites-vous ? répliqua Jacqueline, tout émue. Vous songez donc à partir ? Pourquoi partir ? Où voulez-vous aller ?... Je sais que vous avez aussi vos peines, et j'y prends part, du fond du cœur, mais enfin chacun a ses soucis et ses amertumes. Promettez-moi donc de revenir bientôt !

Antoine le promit, mais sans fixer d'époque, car la première visite qu'il voulait faire à Belleville était subordonnée au retour de M^mo Maillard auprès de sa fille. Tous les jours il aurait voulu interroger son père, sur un sujet qui lui tenait au cœur et que Jean Lochon ne voyait pas avec les mêmes sympathies. Jean Lochon était tombé dans le marasme et dans une profonde tristesse : il ne s'intéressait plus à rien ; il semblait même indifférent pour son fils ; il ne lui parlait plus ; il lui répondait à peine. On eût dit que sa santé avait reçu une grave atteinte ; il s'affaiblissait, de jour en jour ; il se traînait péniblement, la tête basse et le regard éteint. Il ne mangeait plus ; il ne dormait plus : il avait pris la vie en dégoût ; il se préparait à mourir.

Un jour qu'il revenait du Palais, il marchait d'un pas plus ferme, il avait relevé la tête, et pourtant il était plus pâle et plus défait que la veille. Il avait prié son fils de ne pas sortir, ce jour-là, et de l'attendre au logis. Antoine n'avait eu garde de lui désobéir : il accourut à sa rencontre.

—Père, — en quel état de santé êtes-vous aujourd'hui ? lui dit-il affectueusement. Avez-vous vu et consulté un

médecin, comme je vous ai prié de le faire? Je vous crois
malade et m'en inquiète beaucoup....

— Nous parlerons de cela demain matin, répondit
gaiement Jean Lochon. Aujourd'hui je t'apporte une nou
velle qui va te réjouir. Mme Maillard est mise hors de
cause, et elle sortira de prison demain.

— Dieu soit béni! s'écria Antoine, en sautant de joie.
L'innocence de cette pauvre femme est donc enfin reconnue !

— Sans doute; puisqu'on la met en liberté! dit l'exécuteur. Je craignais bien, je l'avoue, de voir cette pauvre
femme repasser par la question préparatoire, et cette fois
tu n'aurais pas eu à compter sur moi. Quant au Gros-
Pierre, ce n'est pas moi qui lui donnerai la question
préalable, car il est condamné à être pendu comme agis-
sant et pactisant avec une bande de faux-monnayeurs.

— Je regrette qu'il soit si tard ! dit Antoine, qui ne
prenait pas garde à la condamnation de Gros-Pierre;
j'aurais été heureux de porter la bonne nouvelle à Jacqueline.

Jean Lochon refusa de dîner et se renferma dans sa
chambre, après avoir recommandé à Antoine de venir le
voir, à son réveil. Antoine n'y manqua pas. Son père
avait passé la nuit à écrire et à prendre des dispositions,
en vue de sa mort prochaine ; il s'était couché, au point
du jour, et il attendait son fils.

— Mon ami, lui dit-il, nous allons nous séparer !... Tu
n'as pas oublié que je ne pouvais plus vivre, après avoir
manqué à mon serment et trahi le mandat que j'avais
reçu de la Justice? Je m'étonne d'avoir supporté jusqu'à

présent le poids de ma mauvaise action. C'en est fait, je serai mort aujourd'hui, et l'on m'enterrera demain, dans le cimetière des exécuteurs, près de l'ancien gibet de Montfaucon.

— Père, dit Antoine en pleurant, comment vous appliquez-vous à me d soler? Vous savez combien je vous suis attaché et dévoué....

— Si j'en doutais, je n'aurais pas pris tant de précautions pour t'épargner les ennuis et les affronts qui seraient la conséquence de ma mort. Je t'ai déjà prévenu que, par la fatalité de ta naissance, tu te verrais obligé de me succéder, en qualité d'exécuteur des arrêts de justice. Je ne t'imposerai donc pas le fardeau de ma succession. Veux-tu lire la lettre que j'adresse à monseigneur le Chancelier et que je vais lui faire parvenir aujourd'hui?

Antoine prit d'une main tremblante la lettre que son père lui présentait ouverte et lut ce qui suit :

« J'ai l'honneur de vous donner avis de ma mort prochaine, en vous priant de me choisir un successeur. Je ne saurais le trouver moi-même dans ma famille. Mon fils, âgé de 14 ans, a toujours été d'une santé chancelante et ne serait pas capable de remplir les fonctions pénibles que j'ai remplies, avec honorabilité, pendant plus de vingt ans. Je regrette, à mes derniers moments, de ne pas céder ma charge à une personne de mon sang et de mon nom.

» En prenant congé de vous, j'ose vous prier, Monseigneur, de donner des ordres pour que mon enterrement ait lieu, la nuit, sans éclat et sans scandale, dans la forme ordinaire, comme la chose s'est toujours faite pour tous les exécuteurs en titre d'office, près le Parlement et le Châtelet de Paris.

» Je suis, avec le plus profond respect, de Votre Excellence, le très humble et très obéissant serviteur. JEAN LOCHON. »

Antoine ne lisait plus : la lettre s'était échappée de ses mains inertes; ses yeux hagards restaient fixés sur son père, qu'il voyait à peine au travers d'un nuage de larmes : il ne trouvait pas une idée à exprimer, ni une parole à prononcer.

Jean Lochon l'attira doucement à lui par la main et l'embrassa en silence : il paraissait souffrir et s'efforçait de dissimuler ses souffrances, en regardant son fils ; il tremblait de tous ses membres; il avait tout le corps glacé, et il sentait le froid de la mort circuler dans ses veines.

— Nous n'avons plus que quelques instants à passer ensemble ! dit-il d'une voix lente et caverneuse. Tu vas quitter cette maison funeste, que tu abhorres et qui t'a causé tant de douleurs secrètes : tu n'y rentreras jamais et tu éviteras de te montrer dans les environs des Marais Saint-Martin, car on pourrait te reconnaître et t'appeler encore Fils du bourreau...

— Père, bon père ! murmura l'enfant consterné, qui se jeta dans les bras de son père qu'il voyait chanceler et défaillir.

— Hâtons-nous ! murmura Jean Lochon, en le repoussant doucement. Antoine, mon cher fils, souviens-toi qu'on peut être honnête homme dans toutes les conditions de la vie. Je l'ai bien été, moi, comme l'étaient mon père et ses ancêtres. Tâche de nous imiter à cet égard, quelle que soit la carrière que tu suives après moi.... Voici ton patrimoine ! ajouta-t-il, en lui remettant un paquet assez lourd, soigneusement fermé et enveloppé : c'est le produit de mon travail, de mes économies... Ce n'est pas la richesse, c'est le moyen de vivre obscurément et honnêtement.... Si tu te maries, si tu as des enfants.... donne-leur de bons conseils, de bons exemples.... Quant à ton père, il ne se reproche qu'une seule faute, bien grande, puisqu'il en meurt, et c'est pour toi, pour toi seul, qu'il l'a faite !...

Jean Lochon ne pouvait plus parler ; sa langue s'embarrassait, sa voix s'éteignait dans un râle. Il eut encore la force de prendre sa lettre, de la clore avec un cachet et de la mettre entre les mains d'Antoine, en disant avec effort : « Porter au Palais de Justice !.... »

Ce furent ses dernières paroles : il ordonna du geste à son fils de s'éloigner et de lui obéir ; ses yeux se fermèrent et sa tête retomba sur l'oreiller. Il était à l'agonie, et sa main se soulevait encore, par moments, pour enjoindre à l'enfant de s'éloigner.

Deux heures après, le Chancelier de France avait lu la lettre de l'exécuteur, et les ordres étaient donnés pour que, suivant l'usage, le corps du défunt fût transporté, la nuit même, au cimetière de Montfaucon, dans la charrette des exécutions, sans avoir été présenté à l'église et sans être même accompagné par un prêtre.

Le soir, Antoine vint frapper à la porte de Mme Maillard, qui était tout entière au bonheur de revoir sa fille, à qui elle racontait les douloureux détails de son emprisonnement et de son procès : elle n'avait pas oublié de rappeler avec émotion la généreuse et courageuse assistance qu'elle avait trouvée, de la part du jeune Antoine et de son père, dans la Chambre de la question.

— Ce sont deux nobles cœurs ! disait Jacqueline, touchée de ce dévouement, qu'Antoine lui avait laissé ignorer. Il a fait pour nous autant qu'un fils, autant qu'un frère, et plus qu'un ami. Il s'était bien engagé à revenir, et depuis plus de dix jours, je l'attends !

Antoine frappa plus fort. Le chien seul l'avait entendu, l'avait senti, l'avait reconnu, et bondissait de joie autour de Jacqueline. Celle-ci comprit la cause de cette joie et courut ouvrir, précédée par le chien qui jetait de petits cris étouffés et n'osait pas aboyer.

— Vous avez votre mère, Jacqueline! disait Antoine, en embrassant la mère et la fille ; vous avez votre fille, Madame Maillard!... Vous êtes heureuses, toutes deux, et vous le méritez bien!... Moi, je vais partir pour toujours, et je viens vous faire mes adieux !

— Partir! répétait Jacqueline stupéfaite et affligée : partir, quand nous sommes réunis tous les trois, quand il est si facile d'oublier les choses tristes, pour ne penser qu'à ce qui est bon et doux ici-bas! Partir, Monsieur Antoine? Partir pour toujours !

— Oui, Jacqueline, répondit Antoine qui sanglotait. Mon père est mort, et je suis forcé de quitter Paris, de renoncer au monde, d'abandonner tout ce que j'aime, tout ce que j'ai aimé !

— Si vous avez perdu votre père, Monsieur Antoine, dit Mme Maillard qui pleurait aussi comme sa fille, vous nous avez encore, Monsieur Antoine ? Nous vous ferons une nouvelle famille : Jacqueline sera votre sœur, et je serai votre mère.

— Tenez, Madame Maillard, dit-il en lui remettant le paquet fermé qu'il avait reçu des mains mourantes de son père : vous prendrez là-dedans votre part, ce qui vous sera nécessaire pour vous et pour la dot de Jacqueline, et vous distribuerez le reste aux pauvres.

— Mais c'est de l'argent que vous me donnez là ? objecta Mme Maillard, qui jugeait de la valeur de ce paquet, et qui essayait de le rendre à Antoine. C'est de l'argent, beaucoup d'argent ! Quel est cet argent ? s'écria-t-elle tout à coup avec effroi.

— C'est mon patrimoine, dit Antoine avec une noble simplicité, c'est l'héritage que j'ai reçu aujourd'hui même des mains de mon père à l'agonie.

— Cet argent, je n'en veux pas ! répondit Mme Maillard, avec un sentiment d'horreur, qu'elle ne put pas dissimuler. Nous n'avons besoin de rien, Monsieur Antoine... Ma fille et moi nous vivrons honnêtement du fruit de notre travail. Gardez, reprenez cet argent....

— Je n'en aurais que faire ! reprit-il douloureusement. Je comprends votre refus.... Mais cet argent sera purifié, si vous voulez bien le distribuer de ma part aux pauvres... Je vous le demande, à titre de service... Pour moi, je n'ai plus besoin de rien en ce monde, puisque je le quitte, puisque j'y renonce à toujours... Je me retire dans un couvent... Je vais être trappiste !

ROSE ET ROSETTE

(1762)

ROSE ET ROSETTE

(1762)

I

LE VOL

Vers le milieu du dernier siècle, la comtesse de Nangis, jeune, belle, riche, comblée de tous les dons et de toutes les faveurs que la fortune accorde aux heureux de la terre, était cependant atteinte d'une tristesse que rien ne pouvait dissiper : elle n'avait pas d'enfants.

C'était le seul bonheur que le ciel eût refusé à l'union qu'il bénissait. C'était là le seul désir que Mme de Nangis avait formé sans le voir réussir.

Après dix années de mariage, n'espérant plus obtenir de la Providence la joie de devenir mère, elle supplia son mari de lui permettre d'adopter un enfant.

Le comte de Nangis aimait trop sa femme pour ne pas s'empresser de consentir à sa demande ; cependant il lui représenta que c'était chose grave et sérieuse que de faire entrer dans une famille un enfant qui n'y avait pas sa place marquée par les droits du sang et par les décrets de la Providence.

— Songez, lui dit-il avec bonté, aux devoirs que vous
allez vous imposer vis-à-vis d'un enfant étranger, qui
pourrait bien ne pas répondre à vos espérances, et qui
sera peut-être pour vous une cause d'ennuis, d'embarras
et de chagrins.

— Non, mon ami, répliqua-t-elle, je veux choisir une
pauvre orpheline, dont je deviendrai presque la mère par
les tendres soins qu'elle recevra de moi. Qui sait si je
n'oublierai pas moi-même que cette maternité factice ne
repose que sur une adoption !

— Je lisais hier, reprit le comte, un apologue oriental
qui renferme un sage conseil à votre adresse ; le voici :
« Une poule, dont les œufs avaient été enlevés, trouva, en
grattant la terre, un petit œuf qu'elle se mit à couver
comme si c'était un des siens. De cet œuf sortit un serpent, qui essaya de mordre la poule à laquelle il devait la
vie : « Méchant, lui dit-elle en le chassant de son nid, je
ne suis pas ta mère, et tu ne seras jamais mon fils ! »
« Eh bien ! dit-elle en soupirant, j'attendrai que l'œuf soit
éclos pour savoir s'il renferme un poulet ou un serpent. »

La comtesse de Nangis résolut donc de prendre auprès
d'elle une jeune fille, qu'on lui recommandait comme
digne de tout son intérêt, appartenant à une honnête famille de domestiques, et montrant déjà beaucoup d'intelligence naturelle, à défaut d'autres qualités qui émanent
du cœur plutôt que de l'esprit. Cette jeune fille, âgée
alors de dix ans, avait été destinée par ses parents à
rester comme eux dans la domesticité, et ses premières
années n'étaient pas sorties encore de l'office ni de l'anti-

chambre. Cependant Rosette (c'était son nom), en se préparant à être femme de chambre chez une grande dame,
se laissait aller volontiers aux tentations de la fortune et
aux rêves de l'ambition : elle se disait tout bas, dans son
orgueil, qu'elle n'était pas faite pour végéter dans une
classe inférieure et dans un emploi subalterne.

Un jour Rosette renia ses bons parents.

Quand elle se trouva chez la comtesse de Nangis, elle
crut ses vœux exaucés et elle s'imagina qu'elle avait subi
une heureuse métamorphose, qui changeait sa naissance,
sa position et son avenir : elle s'abandonna dès lors aux
mauvais conseils de la vanité, et tous les défauts dont
elle avait le germe se développèrent à l'envi sous l'in-

14

fluence de sa nouvelle condition sociale ; elle se gâta moralement, au lieu de se corriger et de s'améliorer, comme une sauvage bruyère, née parmi les sables et au hasard, perd tout à coup ses couleurs et son parfum, lorsqu'on la transplante dans une terre plus généreuse et qu'on essaye de la modifier par la culture.

Un jour, Rosette renia ses bons parents, traita durement sa vieille mère, et déclara, d'un air dédaigneux, à son père en larmes, qu'elle ne le connaissait pas.

La comtesse de Nangis en fut avertie, elle regretta d'avoir autorisé, en quelque sorte, par sa faiblesse et son aveuglement, ces tristes aberrations de l'orgueil et de l'ingratitude ; elle comprit, un peu tard, qu'elle avait eu tort de donner à cette petite fille des espérances qui ne convenaient pas à sa situation réelle, et qui ne servaient qu'à la rendre odieuse ou ridicule ; elle eut la sagesse de reconnaître, un peu tardivement, que Rosette n'était pas l'enfant qu'elle pouvait adopter.

En conséquence, elle cessa de l'élever comme sa propre fille : au lieu de la rapprocher d'elle, elle la tint à distance, et, sans cesser de lui témoigner une grande bienveillance, elle lui fit entendre que ses prétentions ne devaient pas aller au delà d'une place de femme de chambre dans une bonne maison. Elle n'eut point ainsi à se repentir d'avoir transplanté Rosette hors du milieu que lui assignait la condition de ses parents.

Celle-ci éprouva une vive mortification à se voir reléguée ainsi dans la sphère des gens de service ; elle en garda de la rancune à l'égard de sa maîtresse, rancune qu'elle eut le soin de cacher sous des dehors humbles et obséquieux, mais qui se traduisait, malgré elle, dans une foule de circonstances de la vie ordinaire.

Elle ne se corrigea pas, d'ailleurs, de sa vanité ni de son ambition ; elle ne voulut pas descendre du piédestal qu'elle s'était fait, et, quoique remplissant les devoirs de femme de chambre et portant déjà le costume de sou emploi, elle n'aspira pas moins en secret aux privilèges de la fortune et de l'aristocratie..

La comtesse de Nangis n'avait donc, en Rosette, qu'une femme de chambre intelligente, adroite et fort gentille ; mais elle soupirait toujours après son rêve d'adoption : elle se sentait impatiente de donner carrière à ses élans d'amour maternel, et elle pensait sans cesse au bonheur d'avoir une fille qui prendrait son nom.

Le hasard la conduisit à un sermon de charité qui fut prononcé dans la chapelle de l'hospice des Enfants-Trouvés ; ce sermon roula naturellement sur cette belle institution, fondée autrefois par saint Vincent de Paul et protégée depuis par la piété des dames de la cour de France, qui, suivant l'expression même du prédicateur, avaient voulu adopter de malheureux orphelins que Jésus-Christ regardait comme ses enfants. Mᵐᵉ de Nangis écouta ces paroles avec une profonde émotion et versa d'abondantes larmes.

Au sortir de l'église, les dames, qui avaient entendu le sermon et apporté une offrande à la quête, furent admises à visiter l'hospice dans tous ses détails : on les mena dans les classes, dans les dortoirs, dans les infirmeries, dans les jardins ; on leur présenta les petits pensionnaires de l'établissement.

Mme de Nangis remarqua, dans une classe de jeunes
filles, une enfant, plus jeune que ses compagnes (elle
n'avait pas huit ans, et les autres en avaient au moins
douze), tellement appliquée à un ouvrage de broderie,
qu'elle ne leva pas les yeux et n'interrompit point son
travail, à l'arrivée de tant de personnes étrangères, qui
devaient exciter la curiosité de ces pauvres orphelines.

La petite fille, que Mme de Nangis avait distinguée entre
les autres, ne justifiait pas par des avantages extérieurs
l'intérêt qu'elle venait de lui inspirer à la première vue :

Elle ne leva pas les yeux.

elle n'était ni belle ni jolie, mais il y avait dans sa physionomie une touchante expression de bonté et de douceur, qui se peignait surtout en ses yeux bleus, au
regard limpide. Elle n'avait dans son habillement rien
qui différât de l'uniforme simple et modeste des Enfants-
Trouvés, et pourtant elle paraissait mise avec plus
de goût, même plus d'élégance, à cause de son exquise
propreté et de l'arrangement de sa toilette.

— Mon enfant, lui dit la comtesse de Nangis, qui s'était
arrêtée devant elle et qui la considérait avec bienveil-

lance, regardez-moi bien en face et répondez-moi! Voulez-
vous que je vous emmène?

— Oh! Madame! s'écria la petite, qui rougit de surprise
et de joie : est-il possible que cela soit?

— Cela sera, et tout à l'heure, si vous acceptez mon
offre et si vous consentez à devenir ma fille.

— Si j'y consens, Madame! Que pourrais-je souhaiter
de plus? Je serais votre fille et j'aurais une mère !...

— Oui, ma chère enfant. Je vous ferai élever sous mes
yeux, et, si vous êtes sage, si vous vous conduisez bien,
si vous profitez des leçons que je vous donnerai, vous
prendrez mon nom et vous deviendrez vraiment ma fille,
puisque je vous adopterai, puisque mon mari vous adop-
tera, puisque vous hériterez de nous, comme si nous
étions vos père et mère. Ma proposition vous convient-
elle, dites? Êtes-vous contente?

— Je suis si contente, que je n'ose pas croire à mon
bonheur! répondit l'enfant, qui joignait les mains et levait
au ciel ses yeux mouillés de larmes pour remercier la
Providence.

— Comment vous nommez-vous, ma fille? lui demanda
Mme de Nangis, qui n'était pas moins émue qu'elle.

— Rose! répliqua l'orpheline, sortant de son banc
avec confiance, et allant baiser la main de la comtesse.

— Et c'est vous qui brodez ainsi? dit Mme de Nangis, qui
lui prit des mains l'ouvrage qu'elle s'apprêtait à mettre
dans sa poche. Mais vous travaillez comme une fée.

— En effet, dit la religieuse qui avait écouté cet entretien en échangeant plus d'un regard avec la comtesse,

Rose brode comme un ange ; elle est plus adroite et plus
habile que de grandes filles de douze ans.

— J'étais si petite, quand maman m'a appris à tenir
une aiguille ! reprit Rose, qui eut le cœur gros, au souvenir
de sa mère.

— Vous avez donc connu votre mère, objecta Mme de
Nangis, qui eut presque un regret de l'espèce d'engagement qu'elle venait de prendre avec cette orpheline.

— Je ne l'ai pas quittée jusqu'à l'âge de cinq ans, répondit-elle avec un soupir. Elle était bien pauvre, mais
elle m'aimait bien ! Un jour, elle est tombée malade, bien
malade ; on l'a conduite à l'hôpital, et moi, on m'a menée
dans cette maison. J'espérais toujours qu'elle viendrait
me chercher, mais elle n'est pas venue, et il faut bien
qu'elle soit morte ! Elle est morte certainement, puisqu'elle m'a laissée ici !

En achevant ce récit, elle fondit en larmes, et Mme de
Nangis, qui s'attachait à elle de plus en plus, la combla
de caresses, sans pouvoir la consoler tout à fait.

— Je vous aimerai bien, Madame, lui disait Rose avec
une charmante naïveté, et dès à présent il me semble
que vous êtes ma mère, ma seconde mère, car si la première revenait, j'aurais deux mères, et je serais ainsi plus
heureuse que les enfants qui n'en ont qu'une.

La comtesse de Nangis se hâta d'emmener avec elle
l'intéressante enfant, qu'elle se proposait d'adopter plus
tard ; elle la fit monter, tout ébahie, dans un beau carrosse
doré, où la petite osait à peine s'asseoir ; elle l'introdui-
sit, par la main, dans un splendide hôtel, où Rose regardait avec admiration tout ce qui l'entourait ; elle la

présenta sur-le-champ à M. de Nangis, qui l'accueillit d'un air grave et pourtant paternel.

— Monsieur le comte, dit Mme de Nangis à son mari, voici une enfant que le bon Dieu nous envoie et qu'il se chargera de rendre digne de nous. Je vous prie de la traiter et de l'aimer comme votre propre fille.

— Volontiers, répondit le comte. Sa figure me plaît, parce qu'elle est honnête, et je suis sûr que ses parents étaient de braves gens.

— Ah! Monsieur, vous devinez bien! s'écria Rose; mon père (il était mort avant ma naissance!) a été tué à la bataille de Fontenoy, et ma pauvre mère fut estimée de tous ceux qui l'ont connue.

— Cette petite est orpheline, dit le comte à sa femme; j'en suis bien aise; vous aurez ainsi tous les droits d'une mère et vous ne craindrez pas qu'on vienne un jour vous les disputer. Mais, croyez-moi cependant, élevez cette enfant, comme si vous deviez la rendre plus tard à sa véritable mère.

La comtesse de Nangis s'occupa sur-le-champ de l'éducation de Rose, qu'elle avait fait habiller avec beaucoup d'élégance, comme si elle l'eût dès lors adoptée d'une manière irrévocable. Elle lui donna des maîtres d'études, qui s'appliquèrent à développer son intelligence, en préparant cette enfant à entrer dans un monde aristocratique, auquel sa naissance ne l'avait pas destinée. Rose apprit à la fois la grammaire, la géographie, l'histoire; on lui enseigna aussi en même temps la danse et la musique, quoiqu'elle eût peu de goût et de dispositions pour les arts d'agrément.

Rose n'avait pas·abandonné les travaux d'aiguille,
qu'elle préférait aux occupations de l'esprit et, dès qu'elle
se trouvait seule, elle quittait vite ses livres et son clavecin, pour prendre sa broderie jusqu'au retour de
Mme de Nangis, qui la voyait à contre-cœur s'attacher
avec une sorte de passion à des travaux manuels, qu'on
pouvait considérer comme un métier. Rose y tenait beaucoup néanmoins, d'autant plus que c'était un souvenir de
sa première éducation et un enseignement qu'elle devait
à sa mère.

— Je ne vous comprends pas, Rose, disait la comtesse avec dépit ; vous travaillez à l'aiguille, comme
si vous aviez besoin de cela pour vivre! Vous n'êtes
pas une ouvrière, et je ne me soucie pas de vos brode-
ries.

— Je croyais qu'elles vous faisaient plaisir ! répondit
tristement l'orpheline, qui s'était réjouie de pouvoir offrir le produit de son travail à Mme de Nangis. Vous
aviez paru prendre intérêt à mes petits ouvrages...

— Sans doute, mon enfant, répliqua la comtesse avec
effusion ; je sais que vous brodez à merveille et je vous en
félicite ; mais, dans le grand monde où vous serez admise
un jour, il faut faire autre chose que de la broderie, et je
serais charmée, par exemple, de voir vos progrès dans
la musique...

— Je brode, parce que maman me faisait broder! dit
Rose avec un soupir : je suis à peu près sûre de devenir
une bonne brodeuse, mais je ne serai jamais une bonne
musicienne ni une bonne danseuse.

Du reste, Rose avait toutes les qualités de cœur, qui la

faisaient chérir de Mme de Nangis, et qui compensaient amplement ce qu'elle aurait eu peut-être à souhaiter du côté de la figure et de l'esprit. Elle n'avait pas un défaut, et son instinct naturel parlait aussi haut que l'instruction morale qu'on demande aux livres dans l'enfance et la jeunesse.

On enseigna la danse à Rose.

Pourtant, sa position nouvelle, si brillante et si heureuse en apparence, n'était pas sans épines et sans douleurs. La petite femme de chambre de Mme de Nangis, cette Rosette qui s'était crue un moment la fille adoptive de sa maîtresse, avait conçu contre Rose une haine implacable, un profond ressentiment. Elle l'avait vue avec rage entrer dans la maison du comte et de la comtesse de

Nangis, en y prenant une place, que Rosette ne se consolait pas d'avoir perdue; mais Rosette ne désespérait pas
de se faire,par la suite,une position meilleure chez la maîtresse, qui lui témoignait toujours beaucoup de bienveillance. Elle avait donc cherché aussitôt à nuire de toutes
façons à sa petite rivale auprès de la comtesse, qui ne
s'aperçut pas de cette hostilité, féconde en perfidies et en
noirceurs, que la pauvre Rose se gardait bien de lui
dénoncer.

Rosette, qui ne manquait ni de vivacité ni d'originalité
dans l'esprit, s'étudiait à mettre en relief tout ce qu'il y
avait de vulgaire et même de trivial dans les idées, dans
les goûts, dans le langage de Rose ; elle traduisait mé-
chamment sa bonté en niaiserie, sa candeur en bêtise ;
elle s'efforçait de la faire paraître plus laide qu'elle ne
l'était réellement. Elle abusait ainsi de l'humeur placide
et inoffensive de cette enfant, qu'elle ne cessait de tourner en ridicule, et Mme de Nangis avait souvent la faiblesse de rire des méchancetés de Rosette à l'égard de
Rose.

Celle-ci brodait en cachette un mouchoir, qu'elle voulait
offrir à Mme de Nangis le jour de sa fête. C'était un merveilleux travail de patience, auquel ne suffisaient pas
les moments qu'elle pouvait dérober à ses leçons de
danse, de musique, de grammaire, d'histoire et de
géographie.

Elle avait imaginé, pour trouver le temps qui lui manquait, de veiller plus tard, quand sa mère adoptive devait passer la soirée dans le monde. Elle faisait semblant
de se coucher ; puis, elle se levait sans bruit, allumait

une bougie, et travaillait à sa broderie, jusqu'à ce qu'elle entendît la voiture qui ramenait Mme de Nangis. Alors elle soufflait la lumière, après avoir caché son ouvrage, et elle se recouchait à la hâte, en faisant semblant de dormir.

— Pauvre enfant! dit un soir, Mme de Nangis, en s'arrêtant devant elle, sans soupçonner que Rose ne dormait point : je suis bien sûre qu'elle ne rêve pas de bal, de toilette, de luxe, de vanité ; son ambition ne va guère au delà de sa broderie. Elle était née ouvrière, et j'ai peut-être tort de contrarier sa vocation

L'enfant faillit se trahir, en soupirant tout haut et en laissant deux larmes s'échapper de ses paupières fermées, mais, lorsque la comtesse se fut éloignée, la petite orpheline se mit à réfléchir, avec beaucoup de bon sens, sur sa condition nouvelle, et elle s'avoua modestement qu'elle n'était pas faite pour devenir une grande dame.

Elle avait veillé, un soir, plus longtemps qu'à l'ordinaire, car la comtesse de Nangis était allée au bal, et accablée de fatigue, s'était endormie profondément sur sa chaise, en tenant toujours son aiguille et sa broderie. Elle dormit ainsi plus de deux heures, d'autant mieux que la bougie qui l'éclairait avait fini par s'éteindre et que l'obscurité favorisait son sommeil.

La porte s'entrouvre doucement, et Rosette, un bougeoir à la main, traversant la chambre sans voir la dormeuse, se dirige d'un pas furtif vers un secrétaire où étaient renfermés les bijoux de la comtesse. Elle avait eu soin de se munir d'une fausse clé ; elle ouvrit le meuble et en tira un collier de perles, des boucles d'oreilles de diamant et plusieurs bagues, qu'elle glissa dans sa poche. Ensuite, elle referma le secrétaire, avec les mêmes précautions, et s'en retourna, en évitant de faire le moindre bruit, et sans avoir aperçu Rose qui ne se réveilla pas, au moment du vol.

Mais, quand Rosette fut sur le seuil de la porte, le rayon lumineux du flambeau qu'elle tenait vint frapper le visage de la dormeuse, qui s'éveilla en sursaut et qui poussa un léger cri de frayeur. Rose se trouva dans les ténèbres, en rouvrant les yeux ; elle crut entendre des pas qui s'éloignaient, puis tout rentra dans le silence qui régnait au dedans comme au dehors de la maison. La pendule sonna deux heures.

— Est-il possible que j'aie dormi si longtemps ! se dit-elle en gagnant sa couche à tâtons. Je rêvais sans doute, quand j'ai cru voir de la lumière et entendre des pas...Oui j'ai rêvé, et personne n'est entré dans cette chambre... personne assurément...et tout le monde dort dans l'hôtel.

Elle eut, cette nuit-là, beaucoup de peine à s'endormir, car son imagination était vivement impressionnée. Elle voyait, par intervalle, filtrer de la lumière à travers les fentes de la porte ; elle entendait marcher dans la chambre voisine. La peur la retenait immobile et muette dans sa couche ; plus d'une fois, elle conçut le projet de se eter à bas du lit et de courir à la sonnette pour appeler du secours, mais elle n'en aurait pas eu la force, et, tremblant de tous ses membres, couverte de sueur, elle cacha sa tête sous les draps.

— Il y a des voleurs dans la maison, pensait-elle. Par bonheur, Mᵐᵉ de Nangis n'est pas revenue !

Son effroi fut au comble, lorsqu'elle sentit une main qui écartait les draps, dont elle s'était enveloppée ; mais une voix bien connue l'eut bientôt rassurée, et elle se redressa, encore émue, le visage rouge, la respiration étouffée, devant la comtesse de Nangis, qui la regardait en souriant.

— Tu faisais un mauvais rêve, ma pauvre petite ? lui demanda la comtesse avec bonté.

— Oui, Madame ! répondit Rose, promenant ses regards inquiets autour d'elle : je rêvais que l'hôtel était plein de voleurs... et je vous supplie de ne pas vous coucher avant d'avoir fait chercher partout s'il n'y en a pas !

Ii

UN FLAGRANT DÉLIT

Le lendemain même, Mme de Nangis constata le vol
qui avait été commis la veille dans son secrétaire, et se
rappelant alors l'avis que Rose lui avait donné, à son
retour du bal, en l'invitant à s'assurer si des voleurs ne
s'étaient pas introduits dans la maison pendant son
absence, elle interrogea cette enfant, pour obtenir quelques renseignements sur les circonstances de ce vol.

— Tu avais raison, lui dit la comtesse : des voleurs ont
pénétré, cette nuit, dans l'hôtel, et ont enlevé quelques
bijoux de prix dans mon secrétaire. Raconte-moi ce qui
s'est passé...

— Je ne sais rien de plus ! répondit Rose, en rougissant
(car elle n'osait point avouer qu'elle eût veillé si tard)
J'étais endormie... je me suis éveillée tout à coup...

— Tu as vu les voleurs qui s'enfuyaient ? ou du moins
tu les as entendus ?

— Je n'ai vu personne, Madame ! reprit l'enfant, que
cet interrogatoire embarrassait. Il m'a semblé seulement
entendre des pas, et j'ai distingué certainement une
lumière qui a disparu...

— Tu étais alors couchée depuis longtemps ? Rosette
était-elle couchée aussi ?

— Mes souvenirs sont vagues et confus, repartit Rose en baissant les yeux ; je me souviens surtout de l'effroi que j'ai éprouvé, en voyant cette lumière.

— On aurait peur à moins ! Je ne te reproche pas, mon enfant, d'avoir eu peur ; je n'aurais pas été plus brave, à ta place. Dis-moi, à quelle heure t'étais-tu couchée ?

— A quelle heure ? répliqua l'enfant, qui ne savait pas mentir. Je m'étais endormie sur ma chaise, en travaillant...

— Je t'ai trouvée dans ton lit, la tête cachée sous les draps, lorsque je suis rentrée du bal, et tu paraissais avoir eu une belle peur. Dieu merci ! on ne t'a pas fait de mal, ma chère Rose. Les malfaiteurs n'ont peut-être pas remarqué que tu étais là ?

— Je ne bougeais pas, je retenais mon souffle, et je priais Dieu tout bas, pour que ces vilaines gens s'en allassent avant que vous fussiez de retour... Ils étaient dans la chambre, j'en suis sûre à présent, et ils avaient une lanterne sourde, dont la clarté m'a éveillée en sursaut.

Une enquête fut faite soigneusement par tout l'hôtel, et aucun indice ne révéla le passage des voleurs, que Rose accusait d'avoir dérobé les bijoux de la comtesse de Nangis.

Rosette subit, à son tour, un interrogatoire ; mais elle répondit avec beaucoup d'assurance à toutes les questions que lui adressait Mme de Nangis, et elle essaya perfidement de faire tomber des soupçons sur la pauvre Rose, qui était bien loin de supposer que des doutes pussent s'élever contre sa probité, elle qui n'avait jamais eu la pensée d'une action malhonnête.

— Quoi! disait Mme de Nangis, étonnée plutôt que
troublée des insinuations malveillantes de la femme de
chambre à l'égard de la jeune orpheline : tu m'affirmes
que Rose se relève souvent en cachette, après s'être mise
au lit? Que peut-elle faire, quand elle s'est relevée ainsi?

—· C'est là son secret, répondit la méchante fille, et je
n'y suis point allée voir. Le fait est que sa bougie est
encore entière quand elle se couche, et que le matin je
trouve cette bougie presque consumée. Voulez-vous une
autre preuve? En se couchant, elle range ses vêtements
sur un fauteuil, et le lendemain, lorsque j'entre dans sa
chambre, ils sont épars et en désordre, au pied de son
lit.

— Cette enfant est peut-être somnambule! dit la comtesse, en cherchant une explication plausible et naturelle des faits singuliers qui lui étaient signalés par l'implacable ennemie de Rose.

— C'est possible, répliqua Rosette avec un air d'indif-
férence, mais il y a des somnambules qui ont la manie
de voler.

La comtesse de Nangis ne put s'empêcher de recevoir quelque atteinte des soupçons que Rosette avait osé
faire naître à l'égard de Rose, qui, en ce moment même,
s'était retirée dans sa chambre, pour travailler à sa broderie. Rosette s'aperçut de l'effet que ses calomnies
avaient produit sur l'esprit de sa maîtresse, mais celle-ci
lui ferma la bouche, en lui ordonnant de ne pas chercher
davantage quel pourrait être l'auteur du vol que la justice
se chargerait de découvrir et de punir.

A ces mots prononcés d'un ton sévère, Rosette pâlit

balbutia, et sortit. Elle revint bientôt après, sans que la sonnette l'eût rappelée auprès de Mme de Nangis, qui resta stupéfaite et indécise, en remarquant la méchanceté qu'exprimait le sourire faux et narquois de cette fille.

— Madame la comtesse, lui dit-elle d'un air triomphant, voici deux bagues que j'ai trouvées sous l'oreiller de Mademoiselle : ne sont-elles point à vous?

— Vous les avez trouvées, dites-vous, sous l'oreiller de Rose? s'écria Mme de Nangis, foudroyée par cette révélation qui venait confirmer des soupçons involontaires. Ce sont bien mes bagues! ajouta-t-elle tristement.

— Elles étaient entortillées dans du papier, et si bien cachées, que tout autre que moi n'aurait pas su les trouver. Mais je me doutais de la chose : j'avais vu Mademoiselle se retirer dans sa chambre et s'y enfermer ; je l'avais vue aussi jeter les yeux du côté de son lit ; d'ailleurs, j'étais sûre...

— C'est bien, Mademoiselle, interrompit sèchement Mme de Nangis. Je vous défends de parler de ces circonstances à qui que ce soit. Les apparences accusent Rose, il est vrai, mais je ne me fie pas aux apparences.

— Il faudra, pour vous convaincre, Madame la comtesse, reprit Rosette avec acrimonie. que la voleuse soit prise en flagrant délit. Quant à moi, je ne serai pas tranquille, tant qu'il y aura une voleuse dans l'hôtel.

La comtesse de Nangis avait peine à croire que Rose fût coupable d'un vol ; néanmoins, les indices et les faits matériels étaient si graves contre cette pauvre enfant, qu'on ne pouvait élever en sa faveur que des présomptions morales. En effet, Rose, si simple et si naïve, avait-elle assez d'ingratitude et de perversité, pour commettre un vol aux dépens de sa bienfaitrice ?

Le lendemain, la comtesse, qui avait redoublé d'affection et de caresses pour Rose, comme pour la venger de l'injure d'un soupçon, lui offrit de venir avec elle dans les magasins où elle voulait faire des emplettes. Il s'agissait des apprêts d'une nouvelle toilette de cour, que Mme de Nangis devait se donner pour le bal de la reine Marie Leczinska.

Rose n'avait aucun goût pour ce genre de promenade, et elle eût préféré se remettre à sa broderie plutôt que de courir les boutiques des marchandes de modes et des joailliers. Elle était, d'ailleurs, encore toute préoccupée du vol des bijoux de Mme de Nangis, et ce ne fut qu'à contre-cœur qu'elle consentit à prendre sa part d'un plaisir qu'elle regardait comme une corvée.

La comtesse monta en carrosse avec Rose et y fit monter aussi Rosette, qui devait se charger de porter les paquets dans la voiture.

— A quoi penses-tu, ma chère Rose ? lui dit avec affabilité Mme de Nangis. Je n'aime pas à te voir soucieuse et muette ? Veux-tu que je t'achète une belle robe de soie ?

— Je vous supplie de n'en rien faire, Madame, répondit l'orpheline : grâce à votre générosité, j'ai déjà plus de robes que je ne pourrais en user pendant cinq ans. Vous savez que je ne suis pas coquette ? Si ce n'était pour vous plaire, je ne quitterais jamais ma robe d'indienne et mon bonnet de linge.

— Oh ! je sais que tu n'es pas coquette, mon enfant !

repliqua la comtesse, qui surprit un regard de haine et
d'envie, que Rosette lançait à sa rivale. Je n'en dirai pas
autant de Rosette, qui aime les belles robes et les bijoux
et qui regrette souvent de n'en pas avoir.

— Moi, Madame! reprit Rosette un peu troublée : que
voudriez-vous que j'en fisse? Je ne suis et ne serai

Rosette glissa dans la poche de Rose une pièce de dentelle.

jamais qu'une femme de chambre, ajouta-t-elle en soupirant, et Rose sera une dame.

Après avoir visité plusieurs magasins d'étoffes, la comtesse entra dans celui d'une marchande de dentelles;
elle était suivie, comme partout, de Rose et de Rosette,
qui portait un carton. Rose, qui se connaissait en bro-

derie, prit un intérêt particulier à l'examen des superbes dentelles d'Angleterre, d'Alençon et de Bruxelles, qu'on faisait passer sous les yeux de Mme de Nangis ; elle s'était rapprochée du comptoir, et les pièces de dentelles, qu'on présentait à la comtesse, revenaient ensuite dans ses mains : elle en étudiait le travail, elle en comparait les dessins, et elle se disait tout bas qu'elle était loin d'égaler les ouvrières qui avaient exécuté ces chefs-d'œuvre d'adresse et de patience.

Rosette conçut tout à coup un projet infernal : elle s'empara d'une pièce de dentelle, et la glissa dans la poche de Rose, sans que celle-ci s'en aperçût.

La comtesse avait terminé ses acquisitions et se disposait à se retirer, quand une demoiselle de magasin, remarquant la disparition d'une pièce de point d'Angleterre d'une valeur considérable, s'en émut et avertit son patron, qui s'empressa de faire lui-même des recherches actives pour découvrir ce que cette dentelle était devenue.

— Que cherchez-vous donc ainsi ? demanda Mme de Nangis, étonnée de l'agitation de tous les employés du magasin. Il n'est pas possible, ajouta-t-elle en pâlissant, qu'une soustraction ait été faite parmi vos marchandises... C'est impossible ! répéta-t-elle, en regardant fixement Rose, dont l'air calme et distrait lui parut très rassurant.

— Oh ! Madame la comtesse, ce n'est rien ! répondit le marchand tout effaré. Il me manque seulement une pièce d'Angleterre, qui vaut plus de cent louis, mais on la retrouvera tout à l'heure.

— Il faut bien qu'on la retrouve, dit la comtesse avec gravité, et je ne sortirai pas d'ici, qu'elle ne soit retrouvée...

— Si l'on nous fouillait, Madame! murmura Rosette à l'oreille de Mme de Nangis.

— Nous fouiller! s'écria Rose indignée: nous prendrait-on pour des voleuses?

Mais la pièce de dentelle, que Rosette avait glissée dans la poche de cette malheureuse enfant, apparaissait au dehors, et l'œil scrutateur du marchand l'avait déjà reconnue.

— Mademoiselle, dit-il, en portant la main à la poche de Rose, vous alliez l'emporter par mégarde!

— Moi, Monsieur! s'écria Rose éperdue. O mon Dieu! qui l'a pu mettre là? Ce n'est pas moi, je vous jure! Que je meure à vos pieds, Madame la comtesse, si je ne suis pas innocente!

— Taisez-vous et suivez-moi! lui dit Mme de Nangis, d'une voix altérée. Vous êtes indigne de mes bontés, et je vais vous renvoyer à l'Hospice des Enfants-Trouvés.

La comtesse de Nangis, irritée de cet esclandre, désolée de voir renversés d'un seul coup tous ses projets d'adoption, s'empressa de remonter dans sa voiture, et Rosette y reprit sa place en face d'elle, mais, au moment de fermer la portière, le laquais constata l'absence de Rose, qui s'était enfuie, comme une folle, à travers des rues tortueuses qu'elle ne connaissait pas.

L'HEUREUX ACCIDENT

Rose ne savait pas où elle allait ainsi de rue en rue, heurtant les passants, évitant à peine les voitures, s'exposant à être écrasée ou blessée à chaque pas : elle n'avait qu'une idée en tête, c'était de ne pas retomber dans le gouffre de l'Hospice des Enfants-Trouvés.

Elle marchait ou plutôt elle courait depuis trois heures, lorsque cette course vagabonde la conduisit au bord de la rivière : elle n'aurait pu faire un pas de plus, sans se noyer. Elle s'arrêta donc, pour respirer un moment, avant de reprendre sa course et de retourner en arrière. Elle fuyait du reste un péril imaginaire, car elle n'était pas poursuivie et elle devait être bien loin de l'Hospice des Enfants-Trouvés.

Alors, le souvenir du vol qu'on lui avait imputé lui revint à la pensée et y laissa un profond sentiment d'amertume ; elle s'interrogea, un moment, pour se persuader qu'elle n'avait pas commis ce vol et qu'elle en était incapable ; elle se demanda comment les apparences avaient pu s'élever contre sa probité, et elle n'eut pas même un soupçon à l'égard de Rosette. Elle en vint à supposer plutôt qu'elle avait elle-même, par mégarde, mis la dentelle dans sa poche avec son mouchoir ; mais il n'était plus temps de se justifier, et, en prenant la fuite, elle

avait donné gain de cause aux injustes préventions dont
elle se voyait victime, car elle se rappela simultanément
diverses circonstances qui se rattachaient au vol des
bijoux de la comtesse de Nangis, et elle appréhenda pour
la première fois que cet autre vol ne lui eût été aussi
attribué.

— Oh! dit-elle, fondant en larmes j'aime mieux mourir,
que de passer pour une voleuse! Je vais retourner chez
Mme de Nangis et je lui prouverai plutôt que je n'ai pas
commis un vol!... Mais comment lui prouverai-je cela?
Voudra-t-elle me croire?... Hélas! elle m'abandonne, elle
me renvoie aux Enfants-Trouvés! O ciel! quelle honte
pour moi! quel malheur! On me montrera partout au
doigt, en disant : C'est une voleuse!... Ne vaut-il pas mieux
mourir?... Ah! pourquoi le bon Dieu m'a-t-il repris ma
pauvre mère? Je n'aurais pas été adoptée par une grande
dame, ni logée dans un riche hôtel; je n'aurais pas porté
de belles robes, je n'aurais pas appris la danse et la
musique; mais je serais une pauvre petite ouvrière, et
l'on ne m'accuserait pas d'avoir volé des bijoux et des
dentelles!... Oui, ajouta-t-elle en essuyant ses pleurs, je
retournerai à l'hôtel de Mme de Nangis et je lui dirai :
« Madame, si je suis une voleuse, il faut me faire aller en
prison; mais si je suis une honnête fille injustement
accusée, je vous prie de le dire à tout le monde, pour
que je ne cesse pas d'être estimée... » Hélas! que n'ai-
je là ma mère, pour me défendre et me justifier ! O ma
bonne et tendre mère, souffrirais-tu que je fusse traitée
comme une voleuse?

Elle parlait à demi-voix, mais avec des sanglots et des

gestes désespérés, qui attirèrent l'attention d'une brave femme, occupée à laver du vieux linge au bord de l'eau. Cette femme se leva et vint en boitant, car elle était infirme. Ses vêtements, quoique propres et soigneusement ordonnés, témoignaient de sa pauvreté, qui n'avait rien de sordide, ni de repoussant.

— Qu'avez-vous à vous lamenter ainsi, mon enfant? dit-elle d'une voix douce et bienveillante.

— Ah! Madame, répondit la petite orpheline, on me soupçonne, on m'accuse d'avoir commis un vol!

— Un vol! s'écria cette consolatrice inconnue. Il suffit de vous voir et de vous entendre, ma chère petite, pour être bien convaincu que vous n'avez pas fait de mauvaise action. Quel est votre nom, le nom de votre père?

— Je me nomme Rose, Madame, et je n'ai plus de père depuis ma naissance.

— C'est une grande perte, hélas! mais sans doute la Providence vous aura conservé votre mère?...

— Je n'ai plus de mère, depuis six ans; j'ai été élevée par une excellente dame que vous connaissez peut-être, Mme la comtesse de Nangis...

— Je ne la connais pas! répliqua la pauvre femme, qui ne se lassait pas de regarder Rose et qui cherchait avec émotion à démêler dans ses traits une ressemblance confuse. Eh! comment la connaîtrais-je, cette grande dame, moi qui ne suis qu'une pauvre ravaudeuse!

— Et moi donc, suis-je la fille de la comtesse qui voulait m'adopter? Ma mère était une ouvrière, comme vous.

— Comme moi! répéta cette femme, qui avait entendu

au fond de son cœur le cri de la nature : votre mère,
dites-vous, est morte...

— Il faut bien qu'elle soit morte, puisqu'elle m'a laissée
à l'Hospice des Enfants-Trouvés. J'avais cinq ans, lorsqu'elle tomba malade et fut conduite à l'hôpital...

— O mon Dieu ! permettrais-tu ce miracle ! s'écria tout
à coup cette pauvre infirme, qui saisit les mains de Rose
pour la rapprocher d'elle, et qui la couvait d'un regard
ineffable.

Se gestes attirèrent l'attention d'une brave femme.

— Pourquoi me regardez-vous ainsi ? demanda Rose,
dont l'esprit se remplissait de vagues et touchants souvenirs. Vous me trouvez bien à plaindre, en me sachant
orpheline et en me voyant abandonnée, car je ne rentrerai
pas à l'hôtel de Nangis, jusqu'à ce que les voleurs aient
été découverts...

— Eh bien ! mon enfant, venez avec moi. Je suis très
pauvre, mais je travaillerai pour nous deux.

— Et moi, Madame, pensez-vous que je ne travaille
pas ? Oh! Dieu merci, j'ai profité des leçons que me don-

nait ma mère ; quand j'étais encore petite, elle brodait et elle m'apprenait à broder...

— Elle brodait, votre mère ? repartit la ravaudeuse, qui enleva dans ses bras l'enfant stupéfaite. Oui, je me le rappelle, tu étais déjà bien adroite !... Mais as-tu donc oublié le nom de ta mère ?

— Ne vous l'ai-je pas dit, Madame ? Elle se nommait Madeleine...

— Madeleine ! c'est moi ! répétait hors d'elle-même cette femme, qui retrouvait sa fille, après l'avoir perdue pendant six années. C'est moi, ta mère ! disait-elle, en l'embrassant à l'étouffer.

— Ma mère !... Est-il vrai ? est-il possible ? répondait Rose, hésitant encore à se livrer tout entière à la joie de revoir sa mère. Vous vous nommez Madeleine, mais vous êtes ravaudeuse de votre état, et ma mère était brodeuse habile, ce qui n'est pas tout à fait la même chose...

— Il y a six ans de cela, mon enfant, et ces six années m'ont vieillie autant que vingt auraient pû le faire ; ma vue s'est affaiblie, et je ne vois plus trop clair pour conduire mon aiguille.

— Oh ! moi, j'ai la vue excellente, et je travaille, dit-on, comme une petite fée.

— Je suis pénétrée de reconnaissance pour la grande dame qui t'avait recueillie chez elle, dit Madeleine en soupirant ; mais tu es accoutumée maintenant au luxe, à la richesse, au bien-être, et je n'ai pas même à t'offrir une obscure et modeste aisance. Je suis pauvre, mon enfant, et je n'ai jamais plus souffert de ma pauvreté, qu'au moment de te la faire partager.

— J'ai conservé les goûts et les habitudes de ma naissance, chère maman; je n'étais pas faite pour cette vie du
beau monde, je me trouvais mal à l'aise dans ces salons
dorés...

— Hélas ! interrompit la mère avec tristesse, tu ne sais
pas ce que tu auras en échange ! Un tonneau, j'en ai
honte, un tonneau de ravaudeuse, au coin d'une rue !

— Laissez-moi faire, reprit Rose avec enjouement :
j'aurai bientôt gagné assez pour vous donner un logement plus digne de vous. Vous verrez comme je travaillerai ! vous verrez aussi comme j'ai profité de vos leçons !...
Mais, ajouta-t-elle en l'embrassant, pourquoi n'êtes-vous
pas venue plus tôt me chercher à l'Hospice?

— J'y suis allée, au sortir de l'hôpital, où j'étais restée
plusieurs mois entre la vie et la mort ; on m'a dit qu'une
grande dame t'avait adoptée, mais il ne m'a pas été possible d'en apprendre davantage. Voilà six ans que je
pleurais ta perte et que je désespérais de te retrouver !

Madeleine emmena sa fille qui l'aidait à marcher, en la
soutenant par le bras, car la pauvre femme avait eu la
jambe cassée et en était restée infirme. Rose, dont la
mise élégante annonçait une condition sociale à laquelle
il lui fallait renoncer, n'éprouvait aucune souffrance
d'amour-propre à paraître en public, à côté d'une pauvre
ouvrière couverte de guenilles. Elle se trouvait, au contraire, joyeuse et fière de l'accompagner, et elle semblait
dire à tout le monde en la désignant : « Hier j'étais orpheline, aujourd'hui je possède une mère. »

La vieille ravaudeuse habitait un tonneau, placé à l'angle de la rue Sainte-Opportune, près des Halles. Ce ton-

neau, dans lequel on avait pratiqué une ouverture qui
tenait lieu à la fois de porte et de fenêtre, lui servait de
maison, d'atelier et de boutique : elle y travaillait le jour,
elle y dormait la nuit ; une partie de sa vie laborieuse se
passait ainsi en plein air, sous les regards des passants.

Le tonneau était assez grand pour que Rose y trouvât
place près de sa mère ; elle s'y installa, sans hésitation
et sans murmure, pour y travailler et pour y coucher ;
elle fut bientôt aguerrie à toutes les privations que Madeleine supportait avec patience, avant d'avoir retrouvé sa
fille, mais qui lui semblaient désormais si pénibles, à cause
de Rose, qui devait en souffrir plus qu'elle. Celle-ci lui
donnait pourtant l'exemple du courage et de la résignation ; car elle se trouvait parfaitement heureuse de vivre
dans l'indigence avec sa mère. Cependant elle regrettait
quelquefois M\ᵐᵉ de Nangis, et elle lui conservait au fond
du cœur un vif souvenir de reconnaissance.

— Madame la comtesse a été bien bonne pour moi, se
disait-elle souvent pendant les longues heures qu'elle con-
sacrait à sa broderie ; je l'aimais... presque comme une
mère ! A-t-elle pu, mon Dieu ! croire que j'étais une voleuse !

— Tu pleures, Rose ? lui demandait Madeleine, qui
avait vu tomber une larme sur l'ouvrage de sa fille. Tu
ne t'accoutumeras jamais à la misère, mon enfant, et je
voudrais que tu fusses encore chez cette grande dame
qui t'élevait !

— Ce n'est rien que d'être pauvre, ô ma bonne mère,
s'écria Rose avec amertume ; mais, quand on est honnête, c'est une idée insupportable que de se sentir sous le
coup d'un soupçon injuste et de passer pour une voleuse,

— Ah ! si je savais où demeure la comtesse de Nangis,
j'irais lui dire que tu es ma fille et que tu n'as jamais
commis de vol !... Nous irions ensemble, chère Rose, et
cette dame, je n'en doute pas, rougirait de t'avoir soup-
çonnée

Le tonneau de ravaudeuse à l'angle de la rue Ste-Opportune

Un jour, Rose s'était éloignée de quelques pas pour
acheter un pain chez le boulanger. Sa mère, assise dans
le tonneau qui formait son domaine, travaillait, lunettes
sur le nez, à ravauder des bas, lorsqu'un carrosse, attelé
de deux chevaux fringants, tourna court, en sortant de la
rue Sainte-Opportune, et renversa le tonneau de la ravau-

deuse. Celle-ci fut jetée au milieu de la rue et resta sur le
pavé, sans pouvoir se relever. Au cri qu'elle avait poussé,
Rose s'était élancée hors de la boutique du boulanger,
pour courir à sa mère étendue sans mouvement. Elle l'a
crut tuée, et elle ne fut un peu rassurée, qu'en la voyant
rouvrir les yeux.

— Mon Dieu ! s'écria-t-elle avec angoisse, en la soutenant dans ses bras, êtes-vous blessée ?

— Ce n'est rien, mon enfant, ne te désole pas, reprit
Madeleine : c'est ma mauvaise jambe !

En même temps, la voiture qui avait causé cet accident
s'était arrêtée ; une belle dame en était descendue, et elle
ordonnait à son laquais de chercher un médecin. Rose
reconnut la comtesse de Nangis, qui la reconnut aussi,
mais qui n'osa pas la troubler dans les soins pieux,
qu'elle donnait à cette malheureuse femme.

— Ah ! méchante enfant, lui dit à demi-voix M\u1d50\u1d52 de
Nangis, as-tu pu me quitter ainsi ?

— Je vous ai quittée, Madame, répondit timidement
Rose, pour retourner avec ma véritable mère.

— Ta mère ! Quoi ! cette malheureuse femme, que ma
voiture a failli écraser...

— Oh ! Madame ! dit Madeleine, qui avait écouté ce
colloque, pendant qu'on s'empressait autour d'elle : je
n'en mourrai pas, pourvu que vous ne m'enleviez pas une
seconde fois ma fille !

M\u1d50\u1d52 de Nangis fit transporter, dans sa voiture, la
blessée, qui ne perdait pas de vue Rose et qui la vit avec
joie se placer vis-à-vis d'elle sur les genoux de la comtesse. On ne parla pas pendant la route : M\u1d50\u1d52 de Nangis

tenait les mains de Rose dans les siennes, et de grosses
larmes roulaient au bord de ses paupières.

— Si tu savais combien je t'ai pleurée ! lui dit la comtesse, à voix basse. Je croyais t'avoir perdue pour toujours !

— Madame, repartit Rose avec un gros soupir, suppo-
sez-vous encore que je puisse être une voleuse ?

Un carosse renverse le tonneau de Madeleine et la jette au milieu de la rue.

— Toi, mon enfant ! reprit la comtesse, en la pressant
dans ses bras. Dieu m'est témoin que je ne t'ai jamais
accusée, malgré les apparences ! Aussi, depuis ton éloi-
gnement, les faits t'ont bien justifiée, car les vols conti-
nuent dans l'hôtel, et l'on n'a pas découvert le voleur.

— Vous êtes sûre maintenant que ce n'est pas moi !...
Et Rosette, est-elle encore à votre service ?

Cette question fut un trait de lumière pour Mᵐᵉ de
Nangis, qui devint pensive et qui se promit d'avoir l'œil
sur sa femme de chambre.

On était arrivé à l'hôtel, où le médecin attendait la
blessée ; il constata sur-le-champ que la blessure n'avait
rien de grave, et il conseilla cependant de placer Madeleine dans un lit chaud, où elle ne tarderait pas à se
remettre de la secousse de sa chute.

Ce fut dans le lit de Rosette, qu'on voulut la coucher,
et en préparant ce lit, on trouva, sous le traversin, non
seulement le collier de perles et les bijoux qui avaient été
volés pendant que Rose habitait l'hôtel de Nangis, mais
encore une foule d'objets appartenant au comte et à la
comtesse, et qui avaient disparu depuis.

Au moment où cette découverte imprévue se fit en présence de la comtesse, Rosette se trouvait là : elle n'essaya
pas de nier, ni de se défendre ; elle se jeta, tout éperdue,
aux pieds de Mᵐᵉ de Nangis.

— Ce n'est pas à moi qu'il faut demander pardon, lui
dit la comtesse indignée, mais à cette enfant, que vous
avez eu l'infamie d'accuser et qui portait la peine de vos
vols. Rosette, vous êtes un monstre !

Mᵐᵉ de Nangis garda auprès d'elle la mère et la fille,
qu'elle comblait de présents et de caresses. Elle aimait
Rose comme son propre enfant, et Rose l'aimait comme
une seconde mère.

— J'ai deux mères, disait Rose : que Dieu me les conserve longtemps l'une et l'autre !

TABLE DES MATIERES

Châteauroux. — Typographie et Stéréotypie A. MAJESTÉ.